学习宣传贯彻二十届中央纪委二次全会精神

永远吹冲锋号

将全面从严治党进行到底

本书编写组◎编

新 华 出 版 社

图书在版编目（CIP）数据

永远吹冲锋号：将全面从严治党进行到底 /《永远吹冲锋号：将全面从严治党进行到底》编写组编.
--北京：新华出版社, 2023.2（2025.2重印）
ISBN 978-7-5166-6714-9
Ⅰ. ①永… Ⅱ. ①永… Ⅲ. ①评论性新闻－作品集－中国－当代
Ⅳ. ①I253
中国国家版本馆CIP数据核字（2023）第013326号

永远吹冲锋号：将全面从严治党进行到底

编　　者：《永远吹冲锋号：将全面从严治党进行到底》编写组

出 版 人：匡乐成　　**出版统筹：**许　新　黄春峰
责任编辑：唐波勇　张云杰　　**封面设计：**刘宝龙

出版发行：新华出版社
地　　址：北京石景山区京原路8号　　**邮　　编：**100040
网　　址：http://www.xinhuanet.com/publish
经　　销：新华书店、新华出版社天猫旗舰店、京东旗舰店及各大网店
购书热线：010－63077122　　**中国新闻书店购书热线：**010－63072012

照　　排：六合方圆
印　　刷：大厂回族自治县众邦印务有限公司

成品尺寸：160mm × 230mm
印　　张：13　　**字　　数：**180千字
版　　次：2023年2月第一版　　**印　　次：**2025年2月第八次印刷

书　　号：ISBN 978-7-5166-6714-9
定　　价：39.00元

习近平在二十届中央纪委二次全会上发表重要讲话

中共中央总书记、国家主席、中央军委主席习近平9日上午在中国共产党第二十届中央纪律检查委员会第二次全体会议上发表重要讲话。他强调，要站在事关党长期执政、国家长治久安、人民幸福安康的高度，把全面从严治党作为党的长期战略、永恒课题，始终坚持问题导向，保持战略定力，发扬彻底的自我革命精神，永远吹冲锋号，把严的基调、严的措施、严的氛围长期坚持下去，把党的伟大自我革命进行到底。要坚持严管和厚爱结合、激励和约束并重，坚持“三个区分开来”，更好激发广大党员、干部的积极性、主动性、创造性，形成奋进新征程、建功新时代的浓厚氛围和生动局面。

中共中央政治局常委李强、赵乐际、王沪宁、蔡奇、丁薛祥出席会议。中共中央政治局常委、中央纪律检查委员会书记李希主持会议。

习近平指出，治国必先治党，党兴才能国强。新时代十年，党中央把全面从严治党纳入“四个全面”战略布局，刀刃向内、刮骨疗毒，猛药祛疴、重典治乱，使党在革命性锻造中变得更加坚强有力。全面从严治党永远在路上，要时刻保持解决大党独有难题的清醒和坚定。如何始终不忘初心、牢记使命，如何始终统一思想、统一意志、统一行动，如何始终具备强大的执政能力和领导水平，如何始终保持干事创业精神状态，如何始终能够及时发现和解决自身存在的问题，如何始终保持风清气正的政治生态，都是我们这个大党必须解决的独有难题。解决这些难题，是实现新时代新征程党的使命任务必须迈过的一道坎，是全面从严治党适应新形势新要求必须啃下的硬骨头。

习近平强调，构建全面从严治党体系是一项具有全局性、开创性的工作。新时代十年，我们党不断深化对自我革命规律的认识，不断推进党的建设理论创新、实践创新、制度创新，初步构建起全面从严治党体系。全面从严治党体系应是一个内涵丰富、功能完备、科学规范、运行高效的动态系统。健全这个体系，需要坚持制度治党、依规治党，更加突出党的各方面建设有机衔接、联动集成、协同协调，更加突出体制机制的健全完善和法规制度的科学有效，更加突出运用治理的理念、系统的观念、辩证的思维管党治党建设党。要坚持内容上全涵盖、对象上全覆盖、责任上全链条、制度上全贯通，进一步健全全面从严治党体系，使全面从严治党各项工作更好体现时代性、把握规律性、富于创造性。

习近平指出，要以有力政治监督保障党的二十大决策部署落实见效。政治监督是督促全党坚持党中央集中统一领导的有力举措，要在具体化、精准化、常态化上下更大功夫。要推动党的二十大精神、党中央决策部署同部门、行业、领域实际紧密结合，看党的二十大关于全面贯彻新发展理念、着力推动高质量发展、主动构建新发展格局等战略部署落实了没有、落实得好不好；看党中央提出的重点任务、重点举措、重要政策、重要要求贯彻得怎么样；看属于本地区本部门本单位的职责有没有担当起来。要及时准确发现有令不行、有禁不止，做选择、搞变通、打折扣，不顾大局、搞部门和地方保护主义，照搬照抄、上下一般粗等突出问题，切实打通贯彻执行中的堵点淤点难点。要推动完善党中央重大决策部署落实机制，以有力有效日常监督促进各项政策落实落地。

习近平强调，制定实施中央八项规定，是我们党在新时代的徙木立信之举，必须常抓不懈、久久为功，直至真正化风成俗，以优良党风引领社风民风。要继续纠治享乐主义、奢靡之风，把握作风建设地区性、行业性、阶段性特点，抓住普遍发生、反复出现的问题深化整治，推进作风建设常态化长效化。要把纠治形式主义、官僚主义摆在更加突出位置，作为作风建设的重点任务，研究针对性举措，科学精准靶向整治，动真碰硬、务求实效。

习近平指出，纪律是管党治党的“戒尺”，也是党员、干部约束自身行为的标准和遵循。要把纪律建设摆在更加突出位置，党规制定、党纪教育、执纪监督全过程都要贯彻严的要求，既让铁纪“长牙”、发威，又让干部重视、警醒、知止，使全党形成遵规守纪的高度自觉。每一个共产党员特别是领导干部都要牢固树立党章意识，更加自觉地学习党章、遵守党章、贯彻党章、维护党章，用党章党规党纪约束自己的一言一行，增强纪律意识、规矩意识，进一步养成在受监督和约束的环境中工作生活的习惯。

习近平强调，反腐败斗争形势依然严峻复杂，遏制增量、清除存量的任务依然艰巨。必须深化标本兼治、系统治理，一体推进不敢腐、不能腐、不想腐。要在不敢腐上持续加压，始终保持零容忍震慑不变、高压惩治力量常在，坚决惩治不收敛不收手、胆大妄为者，坚决查处政治问题和经济问题交织的腐败，坚决防止领导干部成为利益集团和权势团体的代言人、代理人，坚决防止政商勾连、资本向政治领域渗透等破坏政治生态和经济发展环境。要对比较突出的行业性、系统性、地域性腐败问题进行专项整治。要在不能腐上深化拓展，前移反腐关口，深化源头治理，加强重点领域监督机制改革和制度建设，健全防治腐败滋生蔓延的体制机制。要在不想腐上巩固提升，更加注重正本清源、固本培元，加强新时代廉洁文化建设，涵养求真务实、团结奋斗的时代新风。要把不敢腐、不能腐、不想腐有效贯通起来，三者同时发力、同向发力、综合发力，把不敢腐的震慑力、不能腐的约束力、不想腐的感召力结合起来。进一步健全完善惩治行贿的法律法规，完善对行贿人的联合惩戒机制。严厉打击那些所谓“有背景”的“政治骗子”。

习近平指出，健全党统一领导、全面覆盖、权威高效的监督体系，是实现国家治理体系和治理能力现代化的重要标志。党委（党组）要发挥主导作用，统筹推进各类监督力量整合、程序契合、工作融合。要持续深化纪检监察体制改革，做实专责监督，搭建监督平台，织密监督网络，协助党委推动监督体系高效运转。要把巡视利剑磨得更光更亮，勇于亮剑，始终做到利剑高悬、震慑常在。

习近平指出，纪检监察机关是推进全面从严治党的重要力量，使命光荣、责任重大，必须忠诚于党、勇挑重担，敢打硬仗、善于斗争，在攻坚战持久战中始终冲锋在最前面。要坚持以党性立身做事，弘扬伟大建党精神，勇于自我革命，在党风廉政建设和反腐败斗争一线砥砺品格操守，在围绕中心、服务大局中彰显担当作为，在各种风险挑战中筑牢坚强屏障。要增强法治意识、程序意识、证据意识，不断提高纪检监察工作规范化、法治化、正规化水平。要完善内控机制，自觉接受各方面监督，对纪检监察干部从严管理，对系统内的腐败分子从严惩治，坚决防治“灯下黑”。要结合即将在全党开展的主题教育，把纯洁思想、纯洁组织作为突出问题来抓，切实加强政治教育、党性教育，严明法纪，坚决清除害群之马，以铁的纪律打造忠诚干净担当的铁军。

李希在主持会议时指出，习近平总书记发表的重要讲话，深刻分析大党独有难题的形成原因、主要表现和破解之道，深刻阐述健全全面从严治党体系的目标任务、实践要求，对坚定不移深入推进全面从严治党作出战略部署。讲话高屋建瓴、思想深邃、内涵丰富、论述精辟，具有很强的政治性、指导性、针对性，是深入推进全面从严治党的根本遵循，是新时代新征程纪检监察工作高质量发展的根本指引。要深入学习贯彻习近平总书记重要讲话精神，深刻领悟“两个确立”的决定性意义，进一步增强“四个意识”、坚定“四个自信”、做到“两个维护”，在新时代新征程上一刻不停推进全面从严治党，深入推进新时代党的建设新的伟大工程，为全面建设社会主义现代化国家开好局起好步提供坚强保障。

中共中央政治局委员、中央书记处书记，是二十届中央委员的其他党和国家领导同志、中央军委委员出席会议。

中央纪律检查委员会委员，中央和国家机关各部门、各人民团体主要负责同志，军队有关单位主要负责同志等参加会议。会议以电视电话会议形式举行，各省、自治区、直辖市和新疆生产建设兵团以及军队有关单位设分会场。

中国共产党第二十届中央纪律检查委员会第二次全体会议于1月9日在北京开幕。中央纪律检查委员会常务委员会主持会议。9日下午李希代表中央纪律检查委员会常务委员会作题为《深入学习贯彻党的二十大精神，在新征程上坚定不移推进全面从严治党》的工作报告。

新华社北京1月9日电

目录
CONTENTS

第二章　正风肃纪

延伸阅读

第三章　监督执纪

延伸阅读

第四章　自我革命

延伸阅读

第一章

反腐惩恶

扫一扫，观看

《健全全面从严治党体系》

坚决打赢反腐败斗争攻坚战持久战

——全面从严治党启新程之“反腐惩恶篇”

“只要存在腐败问题产生的土壤和条件，反腐败斗争就一刻不能停，必须永远吹冲锋号。”

习近平总书记在党的二十大报告中对坚定不移全面从严治党作出一系列重要部署，发出新征程上坚决打赢反腐败斗争攻坚战持久战的动员令。

在以习近平同志为核心的党中央坚强领导下，中央纪委国家监委和各级纪检监察机关常抓不懈、紧抓不放，以系统施治、标本兼治的理念，推动反腐败斗争取得新成效。

坚持“严”的基调不动摇 将反腐败斗争进行到底

“广东省人大常委会副主任、党组副书记李春生涉嫌严重违纪违法，主动投案，目前正接受中央纪委国家监委纪律审查和监察调查。”

2022 年 12 月 8 日，中央纪委国家监委网站发布的这则消息，引发社会广泛关注。党的二十大闭幕后短短一个多月时间里，该网站已公开发布 7 名中管干部接受审查调查的消息，释放出反腐败斗争一严到底、永不停歇的强烈信号——

“打虎”无禁区。2022 年，中央纪委国家监委网站共发布 32 名中管干部接受审查调查的消息，其中有的已经退休，但仍受到党纪国法的惩处。

“拍蝇”不手软。坚持“有什么问题就解决什么问题，什么问题突出就集中整治什么问题”，聚焦群众反映强烈的突出问题，深入推进整治群众身边不正之风和腐败问题工作，令“蝇贪”无所遁形。

“猎狐”不止步。2022 年 1 月至 11 月，共追回外逃人员 840 人，其中党员和国家工作人员 132 人、“红通人员”21 人，追回赃款 65.5 亿元，新增外逃党员和国家工作人员继续控制在个位数……

将反腐败斗争进行到底，纪检监察机关坚决铲除重点领域腐败毒瘤。

从金融领域反腐力度持续加大，到深入开展国企领域腐败问题专项整治，再到聚焦交通、水利、高校等领域，严查从立项招标到施工监理等各个环节的腐败问题……

各级各地纪检监察机关紧盯权力集中、资金密集、资源富集的部门、行业和领域，集中力量靶向治理，形成了强大震慑效应。

“更加有力遏制增量，更加有效清除存量，这是党的二十大报告提出的明确要求。”中央纪委国家监委案件监督管理室有关负责人介绍，下一步，要找准腐败的突出表现、重点领域、易发环节，加强对腐败手段隐形变异、翻新升级等新特征的分析研究，提出更加有力遏制增量、更加有效清除存量的对策建议。

严惩群众身边腐败　让人民群众切实感受到公平正义就在身边

对 15 名相关人员立案审查调查，对 8 名公职人员采取留置措施，初步查出违纪违法及涉嫌滥用职权、徇私枉法、受贿等职务犯罪问题……

2022 年 8 月 29 日，河北省纪委监委发布关于严肃查处“唐山烧烤店打人事件”中陈某志等涉嫌恶势力组织背后的腐败和“保护伞”问题的通报，彰显严惩恶势力、严查“保护伞”的坚定决心。

人民群众对黑恶势力深恶痛绝，严查其背后的腐败和“保护伞”

问题，就是要铲除恶势力赖以生存的土壤。

各级纪检监察机关坚持以人民为中心的发展思想，既坚决查处领导干部违纪违法案件，又切实解决发生在群众身边的不正之风和腐败问题。

“我举报社区居委会干部向群众索取好处费，安置人员到社区公益性岗位。”2022年上半年，四川省达州市宣汉县纪委监委收到群众实名举报，经研判后随即展开核查。

很快，宣汉县东乡街道津碧社区时任党支部书记兼居委会主任王某收受他人好处费1万元、违规虚报套取资金，时任居委会副主任伍某索取他人好处费2万元、实得1万元的事实被查清，受到了应有的党纪处分。

从惩治教育医疗、养老社保、生态环保、安全生产、食品药品安全等民生领域“微腐败”，到严查基层站所、街道干部吃拿卡要、盘剥克扣等违纪违法行为……一个个案件、一次次整治，让人民群众切实感受到公平正义就在身边。

“党的二十大报告强调着力解决好人民群众急难愁盼问题，为我们的工作指明了方向。”中央纪委国家监委党风政风监督室有关负责人表示，要进一步落实好全面从严治党向基层延伸要求，坚决纠治乡村振兴、惠民富民等政策落实中的“绊脚石”，坚决惩治损害群众利益的“微腐败”，坚决查处包庇纵容黑恶势力的“保护伞”，以正风肃纪新成效赢得群众信赖和支持。

强化系统施治　一体推进不敢腐、不能腐、不想腐

2022年，《关于办理国有企业管理人员渎职犯罪案件适用法律若干问题的意见》正式印发施行，这是国家监察委员会印发的首个针对职务犯罪实体认定方面的监察执法指导性文件。

随着意见的印发施行，企业人员滥用职权罪等4类案件的追诉标

准、犯罪主体等一系列问题得到明确和解决，有助于准确把握和处理国有企业管理人员渎职犯罪案件，严肃查处靠企吃企、“影子公司”等突出问题，不断将制度优势转化为治理效能。

在巩固“不敢腐”的基础上，中央纪委国家监委和各级纪检监察机关坚持向制度建设要长效，切实筑牢防治腐败的制度笼子，织密纪法之网。

坚持“三不腐”同时发力、同向发力、综合发力，既要注重“不能腐”的制约，更要聚焦思想源头，增强“不想腐”的自觉。

“赶考路上”“红线铭记”“警钟长鸣”“见贤思齐”……不久前，在河北省唐山市丰南区运河警示教育基地，主题分明的沉浸式体验参观，让参加培训的20多名基层干部印象深刻。

除沉浸式体验参观外，丰南区还注重延伸教育链条，向各系统输送“靶向式”廉政课堂。目前，廉政课堂已深入20家区直部门，覆盖关键岗位党员干部1500余人。

对党委（党组）开展思想教育工作情况强化监督检查，对漠视、轻视思想教育工作的进行约谈，对不负责任造成不良影响的予以追责问责……各级纪检监察机关把堵塞制度漏洞和强化监督管理相结合，确保“不想腐”的作用充分发挥。

与此同时，各级纪检监察机关做实以案促改、以案促治，做好“后半篇文章”，切实发挥思想政治教育的“法宝”作用，将其贯穿日常监督和执纪执法全过程，不断构筑拒腐防变的思想堤坝。

把握“不敢腐”这个前提、着眼“不能腐”这个关键、扭住“不想腐”这个根本，纪检监察机关推动各项措施在政策上相互配合、在实施中相互促进、在成效上相得益彰，朝着一体推进“三不腐”的目标不断迈进。（新华社记者王子铭）

时刻保持解决大党独有难题的清醒和坚定

——写在二十届中央纪委二次全会召开之际

“我们党作为世界上最大的马克思主义执政党，要始终赢得人民拥护、巩固长期执政地位，必须时刻保持解决大党独有难题的清醒和坚定。”

党的二十大上，习近平总书记向全党发出号召，坚定不移全面从严治党，深入推进新时代党的建设新的伟大工程。

2023 年 1 月 9 日，二十届中央纪委二次全会将在京开幕。会议将对新一年推进全面从严治党、做好纪检监察工作作出部署。

在以习近平同志为核心的党中央坚强领导下，中国共产党坚持以伟大自我革命引领伟大社会革命，推进全面从严治党不松劲、不停步、再出发，以惕厉自省、慎终如始的态度，踏上新的赶考之路。

驰而不息，把新时代党的伟大自我革命进行到底

2022 年 10 月 23 日，人民大会堂金色大厅华灯璀璨，气氛庄重而热烈。

面对 600 多名中外记者，刚刚当选中共中央总书记的习近平话语坚定——

“我们必须高度警省，永远保持赶考的清醒和谨慎，驰而不息推进全面从严治党，使百年大党在自我革命中不断焕发蓬勃生机。”

“驰而不息”，足见新时代中国共产党把全面从严治党进行到底

的坚定决心、恒久毅力。

将全面从严治党进行到底，这是坚如磐石的政治定力。

2022 年 10 月 25 日，党的二十大闭幕刚三天，习近平总书记主持召开中央政治局会议。会议的一项重要议程，即是审议《中共中央政治局贯彻落实中央八项规定实施细则》。

从十八届中央政治局一开始就为作风建设立下规矩，到十九届中央政治局、二十届中央政治局第一次会议均研究同样内容并持续深化细化，作风建设在十年间一以贯之、落细落实。

2022 年 10 月 27 日，习近平总书记带领新当选的二十届中共中央政治局常委来到延安。在延安革命纪念馆，习近平总书记强调要“勇于推进党的自我革命，坚定不移推进全面从严治党，始终保持党的先进性和纯洁性”；

2022 年 12 月 6 日，习近平总书记主持召开中央政治局会议。会议指出，进一步增强坚定不移全面从严治党的政治定力，把严的基调、严的措施、严的氛围长期坚持下去，把新时代党的伟大自我革命进行到底；

2022 年 12 月 26 日至 27 日，中央政治局召开民主生活会，总结成绩，查摆不足，进行党性分析，开展批评和自我批评；

……

党的二十大以来，以习近平同志为核心的党中央以一系列务实举措、明确要求，向全党传递出全面从严治党一刻不松、半步不退的清晰信号。

将全面从严治党进行到底，这是高瞻远瞩的重大战略部署。

党的二十大报告深刻分析党所处的历史方位、面临的形势任务、党情发展变化，对“坚定不移全面从严治党，深入推进新时代党的建设新的伟大工程”作出一系列重大部署——

首次提出“健全全面从严治党体系”，这是强化管党治党全面系统布局、协同高效推进的重大举措；

从七个方面对党的建设工作作出部署，内容涵盖政治建设、思想建设、制度建设、组织建设、作风建设、纪律建设、反腐败斗争等方方面面；

明确“加强党的政治建设”要求，强调严明政治纪律和政治规矩，落实各级党委（党组）主体责任，提高各级党组织和党员干部政治判断力、政治领悟力、政治执行力；

首次对“完善党的自我革命制度规范体系”进行专门部署，把制度建设摆在更加突出位置，强调“形成坚持真理、修正错误，发现问题、纠正偏差的机制”；

……

一系列精心谋划、战略部署，充分体现了党对严峻复杂考验的清醒认知，对以党的自我革命引领社会革命的高度自觉。

将全面从严治党进行到底，这是最为彻底的斗争精神。

2022 年 10 月 17 日，党的二十大召开第二天，习近平总书记来到他所在的广西代表团，同大家一起讨论二十大报告。

谈到反腐败斗争，习近平总书记这样总结道：“党的十八大以来，党中央以‘十年磨一剑’的定力推进全面从严治党，以‘得罪千百人，不负十四亿’的使命担当推进史无前例的反腐败斗争，打出一套自我革命的‘组合拳’。”

十年来，面对反腐败这一“输不起也决不能输的重大政治斗争”，习近平总书记在多个场合亮明态度，以明知山有虎、偏向虎山行的勇毅决绝，赢得了党心军心民心。

在这次会上，习近平总书记再次斩钉截铁、一锤定音：

“共产党人是唯物主义者，是无所畏惧的，怕什么？接受疾风暴雨、惊涛骇浪的考验，我说，‘虽千万人，吾往矣’！没什么好怕的。”

正如党的二十大报告中所指出的，只要存在腐败问题产生的土壤和条件，反腐败斗争就一刻不能停，必须永远吹冲锋号。

标本兼治，推动纪检监察工作高质量发展

2022 年 12 月 8 日，中央纪委国家监委网站发布消息——

“广东省人大常委会副主任、党组副书记李春生涉嫌严重违纪违法，主动投案，目前正接受中央纪委国家监委纪律审查和监察调查。”

“主动投案”，这是消息中一个不难发现的细节。事实上，仅在党的二十大闭幕后一个多月的时间里，中央纪委国家监委网站就已发布十余名涉嫌严重违纪违法党员干部主动投案的消息。

数据显示，五年来，在高压震慑和政策感召下，8.1 万人向纪检监察机关主动投案，2020 年以来 21.6 万人主动交代问题。

“只有早投案、早交代，才能早一点把心里的石头放下。”2022 年年初热播的电视专题片《零容忍》中，北京师范大学党委原书记刘川生的忏悔，正是新时代反腐败斗争从量的积累走向质的变化的有力印证，反映出新时代推动纪检监察工作高质量发展的鲜明指向。

围绕“国之大者”，推进政治监督具体化、精准化、常态化——

冬日向晚，在落日余晖的映照下，漓江江面波光粼粼。

近年来，通过关停采石场、治理畜禽养殖污染等一系列举措，漓江生态越来越好，吸引市民、游客纷至沓来。

保护好生态环境是“国之大者”。桂林市纪委监委成立“保护好漓江，保护好桂林山水”专项监督工作专班，聚焦生态环境保护重点工作、薄弱环节，对有关问题优先查办、快查快结。

数据显示，2022 年 1 月至 9 月，桂林共查处生态环境领域腐败和作风问题 53 个，批评教育帮助和处理 80 人，以强有力的政治监督呵护山清水秀的自然生态。

从疫情防控到生态环境保护，从脱贫攻坚到乡村振兴，再到一系列重大战略、重点任务……政治监督始终有力有效，推动党中央决策

部署落实落地，为经济社会发展保驾护航。

把握内在联系，不断提升全面从严治党系统性、整体性——

2022 年岁末，中央纪委国家监委网站发布年度十大反腐热词，其中一个正是“风腐同查”。

而在 2021 年年底，“风腐一体”就曾入选当年十大反腐热词。

从“风腐一体”到“风腐同查”，充分体现出纪检监察机关把握党性党风党纪内在联系，把握“四风”与腐败风腐同源、风腐一体的特征，对风腐问题统筹来抓、一体纠治的治理方式转变。

从作风问题入手，驰而不息纠治“四风”。截至目前，中央纪委国家监委连续 111 个月公布查处违反中央八项规定精神问题数据，对“四风”问题从严纠治；

一体纠治，深挖腐败问题背后的“四风”苗头。纪检监察机关坚持“以案看风”，精准分析查找哪些作风问题最易演变为腐败，开展针对性纠治整改，不断压缩腐败滋生空间。

“三不腐”一体推进，树立“全周期管理”意识。纪检监察机关在紧盯风腐交织突出问题严打严查的同时，坚持破立并举、扶正祛邪，深入推进政治生态、廉洁文化建设，筑牢拒腐防变的思想堤坝。

健全体制机制，不断提升纪检监察工作规范化、法治化、正规化水平——

2022 年 6 月 28 日，《纪检监察机关派驻机构工作规则》全文公布，自发布之日起施行。

作为一部规范纪检监察机关派驻机构工作的基础性中央党内法规，规则着眼健全系统集成、协同高效的派驻监督体制机制，对各级纪检监察机关派驻机构的组织设置、领导体制、工作职责、履职程序等作出全面规范。

这是纪检监察机关把握依规治党和依法治国的内在一致性，推动构建纪检监察法规制度体系的一个缩影。

数据显示，五年来，纪检监察主要法规制度共增加111项，初步形成内容科学、程序严密、配套完备、运行有效的纪检监察法规制度体系。

与此同时，建设贯通纪检监察业务全流程、全要素的信息化系统，建成覆盖全国纪检监察系统的检举举报平台……纪检监察工作信息化水平不断提升，为纪检监察工作高质量发展提供了有力保障。

新程再启，确保党永远不变质、不变色、不变味

“中国人民银行党委委员、副行长范一飞涉嫌严重违纪违法，目前正接受中央纪委国家监委纪律审查和监察调查。”

2022年11月5日，中央纪委国家监委网站发布的“一句话”新闻，宣告党的二十大后“首虎”落马。随后一个多月时间里，又有多名中管干部接受审查调查。

踏上新征程，迎接新挑战。我们党面临的“四大考验”“四种危险”将长期存在，党的建设特别是党风廉政建设和反腐败斗争面临不少顽固性、多发性问题，党的自我革命任重而道远。

党的二十大上，习近平总书记向全党发出号召，全面从严治党永远在路上，党的自我革命永远在路上，决不能有松劲歇脚、疲劳厌战的情绪。

新征程再出发，必须扛起“两个维护”重大政治责任——

2022年10月30日，中央纪委国家监委网站发布消息：江西省文化和旅游厅原党组书记、厅长李小豹被“双开”。

通报指出，李小豹“背弃‘两个维护’，搞‘七个有之’，组织‘小圈子’‘小团伙’，落实党中央重大决策部署打折扣、搞变通”，对其“两面人”属性进行了精准画像。

始终抓牢政治纪律这个最根本、最重要的纪律，及时发现、着力解决“七个有之”问题，消除政治隐患、维护政治安全……

中央纪委国家监委和各级纪检监察机关坚持以习近平新时代中国特色社会主义思想为指导，以强有力政治监督维护党中央权威和集中统一领导，推动全党深刻领悟“两个确立”的决定性意义，增强“四个意识”、坚定“四个自信”、做到“两个维护”。

新征程再出发，必须坚持严的基调不动摇——

“紧盯影响党中央决策部署落实、影响安全发展、加重基层负担的形式主义、官僚主义，坚决纠治打折扣、搞变通、各行其是，急功近利、脱离实际搞政绩工程、形象工程……”

2022 年 11 月，中央纪委办公厅印发《关于贯彻党的二十大部署要求 锲而不舍落实中央八项规定精神深化纠治“四风”工作的意见》，推动作风建设向纵深发展。

这是纪检监察机关履行党内监督和国家监察专责机关职责，坚持严的基调不动摇的一个缩影。

增强对“一把手”和领导班子监督实效，2022 年 10 月 29 日，十届河北省委第二轮巡视工作动员部署会暨巡前集体谈话会议在石家庄召开，明确要求加强对“一把手”和领导班子的监督；

围绕推进作风建设常态化长效化，新疆生产建设兵团纪委监委专门作出部署，明确对贯彻党中央决策部署“装样子、搞花架子、盲目铺摊子”等形式主义、官僚主义突出问题进行坚决治理；

深化整治权力集中、资金密集、资源富集领域的腐败，辽宁省纪检监察机关深入推进金融、政法、国企领域腐败治理，着力查处资本无序扩张、平台垄断等背后的腐败行为……

中央纪委国家监委和各级纪检监察机关深入贯彻落实党的二十大精神，坚持严的基调不动摇，完善纪法规定，严格执纪、严肃纠风、严厉反腐，不断强化全面从严治党浓厚氛围。

新征程再出发，必须始终站稳以人民为中心的根本政治立场——

“必须坚持人民至上”“坚持以人民为中心的发展思想”“江山

就是人民，人民就是江山”……

在党的二十大报告中，“人民”一词出现170多次。

“时代是出卷人，我们是答卷人，人民是阅卷人。”一个党能不能长久执政，主要看与人民群众的联系，人民群众拥不拥护、满不满意。

在浙江湖州，当地纪检监察机关对乡村养老托育等服务的项目建设、资金使用等重点领域关键环节开展清单化、项目化监督，确保村里的老人、孩子们享受到优质服务；

在湖南新化，当地纪检监察机关加强“直查直办”“提级办理”，从严查处惠民惠农财政补贴工作中的“微腐败”和不正之风；

在河北魏县，政府服务中心设立“办不成事”反映窗口，打造办事直通车，帮助解决群众在办事过程中遇到的各种急难愁盼问题……

矢志不渝、笃行不怠，不负时代、不负人民。

在以习近平同志为核心的党中央坚强领导下，始终保持解决大党独有难题的清醒和坚定，驰而不息推进全面从严治党，百年大党必将在自我革命中不断焕发蓬勃生机，始终成为中国人民最可靠、最坚强的主心骨。（新华社记者孙少龙、高蕾、张研）

把全面从严治党作为党的长期战略、永恒课题

——从中央纪委二次全会看在新征程上坚定不移深入推进全面从严治党

全面从严治党永远在路上，党的自我革命永远在路上。

1月9日至10日，二十届中央纪委二次全会在京召开。习近平总书记出席全会并发表重要讲话，深刻分析大党独有难题的形成原因、主要表现和破解之道，深刻阐述健全全面从严治党体系的目标任务、实践要求，对坚定不移深入推进全面从严治党作出战略部署。

进一步健全全面从严治党体系

党的二十大报告首次提出“健全全面从严治党体系”，这是强化管党治党全面系统布局、协同高效推进的重大举措。

此次全会上，习近平总书记强调：“全面从严治党体系应是一个内涵丰富、功能完备、科学规范、运行高效的动态系统。”

二十届中央纪委二次全会公报强调，时刻保持解决大党独有难题的清醒和坚定，坚定不移推动健全全面从严治党体系。

我们党作为长期执政的马克思主义政党和世界上第一大政党，党的远大目标和历史使命，党的队伍的庞大规模和广泛分布，党面临的重大风险和严峻挑战，都决定了只有整体地而不是局部地、系统地而不是零碎地、持久地而不是短暂地、高标准地而不是一般化地全面从严治党，才能把我们党建设好。

中国社会科学院马克思主义研究院副院长林建华认为，构建全面从严治党体系是一项具有全局性、开创性的工作，标志着我们党对自我革命规律认识更加深化，体现出我们党成体系推进全面从严治党向纵深发展的坚定决心。

习近平总书记在全会上指出，健全这个体系，需要坚持制度治党、依规治党，更加突出党的各方面建设有机衔接、联动集成、协同协调，更加突出体制机制的健全完善和法规制度的科学有效，更加突出运用治理的理念、系统的观念、辩证的思维管党治党建设党。

“三个‘更加突出’使我们明晰了健全全面从严治党体系的路径和重点。”林建华认为，要按照习近平总书记的要求，不断拓展全面从严治党的广度和深度，使全面从严治党各项工作更好体现时代性、把握规律性、富于创造性。

以有力政治监督保障党的二十大决策部署落实见效

政治监督不是空泛的、抽象的，而是具体的、实践的。

在此次会议上，习近平总书记鲜明指出，要以有力政治监督保障党的二十大决策部署落实见效。

——看党的二十大关于全面贯彻新发展理念、着力推动高质量发展、主动构建新发展格局等战略部署落实了没有、落实得好不好；

——看党中央提出的重点任务、重点举措、重要政策、重要要求贯彻得怎么样；

——看属于本地区本部门本单位的职责有没有担当起来。

落实习近平总书记重要讲话精神，此次公报在部署2023年纪检监察工作时，将“围绕落实党的二十大战略部署强化政治监督”放在首位。

政治监督是督促全党坚持党中央集中统一领导的有力举措。

过去一年，从疫情防控到生态环境保护，从巩固脱贫攻坚成果到全面推进乡村振兴……党中央重大决策部署到哪里，政治监督就跟进到哪里。

“管党治党实践充分证明，政治监督为全党凝聚思想共识、行动共识发挥了重要作用，是保持党先进性、纯洁性的重要保障。”北京大学公共政策研究中心副主任庄德水说。

2023年是贯彻党的二十大精神的开局之年。开局关乎全局，起步决定后程。

庄德水表示，踏上新征程，要聚焦“两个维护”这一强化政治监督的根本任务，在具体化、精准化、常态化上下更大功夫，切实打通党中央决策部署贯彻执行中的堵点淤点难点，助力将党的二十大擘画的宏伟蓝图变为华夏大地上的火热实践。

把纪律建设摆在更加突出位置

纪律是管党治党的“戒尺”，也是党员、干部约束自身行为的标准和遵循。

此次全会上，习近平总书记强调要把纪律建设摆在更加突出位置，党规制定、党纪教育、执纪监督全过程都要贯彻严的要求。

全会作出“全面加强党的纪律建设”的部署，强调强化经常性纪律教育，融入日常管理监督，促进党员干部增强纪律意识，把党的纪律规矩刻印在心。

“大量案例表明，党员‘破法’无不始于‘破纪’。”中共中央党校（国家行政学院）教授戴焰军表示，唯有把“严”的要求贯彻到纪律的前沿、监督的前沿，深化运用“四种形态”，发现苗头就及时提醒纠正，触犯纪律就立即严肃处理，做到真管真严、敢管敢严、长管长严，方能帮助广大党员干部知敬畏、存戒惧、守底线，更好发挥纪律建设在全面从严治党中的治本作用。

党章是党的根本大法，是全党必须遵循的总规矩。

认真学习党章、严格遵守党章，是加强党的建设的一项基础性经常性工作，也是全党同志的应尽义务和庄严责任，对增强党的创造力、凝聚力、战斗力具有极为重要的作用。

此次全会上，习近平总书记向全党提出“牢固树立党章意识”的要求。

“党章是管党治党的总章程。”戴焰军认为，每一名党员都应该更加自觉地学习党章、遵守党章、贯彻党章、维护党章，用党章党规党纪约束自己的一言一行。

驰而不息推进正风反腐

反腐败是一场输不起也决不能输的重大政治斗争。

当前，反腐败斗争形势依然严峻复杂，遏制增量、清除存量的任务依然艰巨。

在全会上，习近平总书记以“要在不敢腐上持续加压”“要在不能腐上深化拓展”“要在不想腐上巩固提升”为坚决打赢反腐败斗争攻坚战持久战指明方向。

全会强调，坚持不敢腐、不能腐、不想腐一体推进，更加有力遏制增量，更加有效清除存量。

“一体推进不敢腐、不能腐、不想腐，不仅是反腐败斗争的基本方针，也是新时代全面从严治党的重要方略。”清华大学廉政与治理研究中心副主任宋伟表示，此次全会强调要做到不敢腐、不能腐、不想腐同时发力、同向发力、综合发力，充分反映出党中央对于反腐败斗争的战略思考和系统部署，体现了党中央惩治腐败的坚定政治决心。

作风建设关乎人心向背，关乎事业成败。

2022 年是中央八项规定出台十周年。如今，八项规定已成为新时代共产党人的一张“金色名片”。

“必须常抓不懈、久久为功，直至真正化风成俗，以优良党风引领社风民风。”在此次全会上，习近平总书记掷地有声的讲话释放出作风建设不止步的鲜明信号。

全会对新征程上加强作风建设作出再部署，要求“坚持纠‘四风’树新风并举，教育引导党员干部牢记‘三个务必’，推进作风建设常态化长效化”。

“当前，‘四风’问题隐形变异、花样翻新的情况仍然存在。”宋伟表示，要深刻把握作风建设地区性、行业性、阶段性特点，充分认识“四风”的规律性和共性问题，不断加固作风建设堤坝，让清风正气在新征程上更加充盈。

“风腐互为表里、同根同源，不正之风滋生掩藏腐败，腐败行为助长加剧不正之风，甚至催生新的作风问题。”清华大学纪检监察研究院院长过勇认为，对于“四风”问题一定要抓早抓小、露头就打，彻查背后可能隐藏的腐败问题，将严的基调、严的措施、严的氛围长期坚持下去。

推动监督体系高效运转

健全党统一领导、全面覆盖、权威高效的监督体系，是实现国家治理体系和治理能力现代化的重要标志。

习近平总书记在全会上指出，党委（党组）要发挥主导作用，统筹推进各类监督力量整合、程序契合、工作融合。

全会提出，推动完善纪检监察专责监督体系、党内监督体系、各类监督贯通协调机制和基层监督体系，形成监督合力。

“各类监督有各自的定位和优势，关键是协调联动、优势互补。”北京航空航天大学廉洁研究与教育中心主任任建明表示，要在党委（党组）统一领导下，优化各类监督的顶层设计，提高监督效率，促进各类监督力量同题共答，不断提升监督效能。

巡视是加强党内监督的战略性制度安排，是全面从严治党的有力抓手。

习近平总书记在全会上强调，要把巡视利剑磨得更光更亮，勇于亮剑，始终做到利剑高悬、震慑常在。

2022 年，在结束对金融单位、部分中央和国家机关集中巡视后，十九届中央如期完成党章规定的巡视全覆盖任务。

谋篇 2023 年巡视工作，公报要求，突出政治巡视定位，全面贯彻中央巡视工作方针，把“两个维护”作为根本任务，把严的要求贯彻到巡视全过程各环节。

“每一次巡视都是一次政治体检。”任建明表示，新征程上，要加强巡视整改和成果运用，做好巡视“后半篇文章”，完善巡视巡察上下联动工作格局。

踔厉奋发开新篇，自我革命再出发。

踏上新的赶考之路，习近平总书记强调：“要坚持严管和厚爱结合、激励和约束并重，坚持‘三个区分开来’，更好激发广大党员、干部的积极性、主动性、创造性，形成奋进新征程、建功新时代的浓厚氛围和生动局面。”（新华社记者高蕾、范思翔、董博婷）

激荡清风正气　凝聚党心民心

——党的十八大以来深入推进党风廉政建设和反腐败斗争述评

党风廉政建设和反腐败斗争，是党的建设的重大任务。

党的十八大以来，以习近平同志为核心的党中央从制定执行中央八项规定切入整饬作风，以雷霆万钧之势推进反腐败斗争，激荡清风正气、凝聚党心民心，为党和国家各项事业发展提供了坚强保障。

作风建设永远在路上

“查处违反中央八项规定精神问题 5434 起，批评教育帮助和处理 8185 人……”

2022 年 8 月，中央纪委国家监委公布了上月全国查处违反中央八项规定精神问题汇总情况，这已是该数据连续第 107 个月公布。

八项规定，深刻改变中国。

2012 年 12 月 4 日，习近平总书记主持中央政治局会议，审议通过中央政治局关于改进工作作风、密切联系群众的八项规定。

在这次会议上，习近平总书记强调：“党风廉政建设，要从领导干部做起，领导干部首先要从中央领导做起。正所谓己不正，焉能正人。”

每年召开的中央全会、中央纪委全会等重要会议，习近平总书记都对作风建设提出明确要求；

每年年底的中央政治局民主生活会，都对照检查执行中央八项规定的情况，开展批评和自我批评；

接续开展的党内集中教育，都把贯彻落实中央八项规定精神、加强作风建设作为重要内容……

2017 年 10 月 27 日，党的十九大闭幕后第 3 天，习近平总书记主持召开十九届中央政治局第一次会议，审议通过《中共中央政治局贯彻落实中央八项规定实施细则》，对贯彻执行中央八项规定、推进作风建设作出细化完善、提出更高要求。

十年来，从遏制“舌尖上的浪费”，到刹住“车轮上的腐败”，再到整治“会所里的歪风”；从多措并举遏制“天价月饼”“天价烟酒”，到厉行节约、反对浪费成为社会新风尚，再到婚事新办、丧事简办被越来越多人接受……党风政风引领社风民风，人民群众成为了作风建设的参与者和受益者。

2021 年 6 月，习近平总书记来到中国共产党历史展览馆。

这是 2021 年 6 月 22 日在北京拍摄的中国共产党历史展览馆外景。
新华社记者 鞠焕宗 摄

在中央八项规定展板前，习近平总书记停下脚步：“现在这里面的 8 条，精简会议活动、改进警卫工作、改进新闻报道、厉行勤俭节约，做得都不错，还是要反复讲、反复抓……”

“八项规定要一以贯之。”总书记坚定地说。

得罪千百人，不负十四亿

“工业和信息化部党组书记、部长肖亚庆同志涉嫌违纪违法，目前正在接受中央纪委国家监委审查调查。”

2022年7月28日，中央纪委国家监委网站发布的“一句话新闻”，引起广泛关注。

今年以来，该网站已公开发布25名中管干部“落马”的消息，释放出反腐败斗争一刻不停歇的鲜明信号。

2012年11月15日，人民大会堂东大厅。

刚刚当选中共中央总书记的习近平面对500多名中外记者，坚定地指出：“新形势下，我们党面临着许多严峻挑战，党内存在着许多亟待解决的问题。尤其是一些党员干部中发生的贪污腐败、脱离群众、形式主义、官僚主义等问题，必须下大气力解决。全党必须警醒起来。打铁还需自身硬。”

短短20余天后，当选十八届中央候补委员还未满月的四川省委副书记李春城被查，成为党的十八大后落马的“首虎”。一场中国共产党历史上力度空前的反腐败斗争拉开序幕。

“我们党作为执政党，面临的最大威胁就是腐败”“反腐败没有选择，必须知难而进”……在这场没有硝烟的斗争中，习近平总书记以旗帜鲜明的立场和勇毅决绝的意志掌舵领航。

从周永康、薄熙来、孙政才、令计划等一批“大老虎”被查，到铲除“蝇贪”“鼠害”“蛀虫”，再到深入开展国际追逃追赃……反腐败斗争不断向纵深推进。

2018年12月13日，中央政治局会议对我国反腐败斗争形势作出重大判断——“反腐败斗争取得压倒性胜利”。

从“形势依然严峻”，到“依然严峻复杂”，到“压倒性态势正在形成”，再到“取得压倒性胜利”，党的十八大以来，在以习近平同志为核心的党中央坚强领导下，党风廉政建设和反腐败斗争真正做到了“抓铁有痕、踏石留印”。

据统计，党的十八大以来，截至2022年4月底，全国纪检监察机关共立案审查调查438.8万件、470.9万人。

2022年1月，党的百年华诞后首次中央纪委全会上，习近平总书记话语铿锵：

“只要存在腐败问题产生的土壤和条件，腐败现象就不会根除，我们的反腐败斗争也就不可能停歇。”

让群众更多感受到反腐倡廉的实际成果

对15名相关人员立案审查调查，对8名公职人员采取留置措施，初步查出违纪违法及涉嫌滥用职权、徇私枉法、行贿、受贿等职务犯罪问题……

2022年8月29日，河北省纪委监委发布关于严肃查处“唐山烧烤店打人事件”中陈某志等涉嫌恶势力组织背后的腐败和“保护伞”问题的通报，释放出严惩恶势力、严查“保护伞”的强烈信号。

2013年1月22日，在十八届中央纪委二次全会上，习近平总书记对新时代反腐败斗争作出明确指示：

“坚持‘老虎’‘苍蝇’一起打，既坚决查处领导干部违纪违法案件，又切实解决发生在群众身边的不正之风和腐败问题。”

2016年1月，在十八届中央纪委六次全会上，习近平总书记着重提出“推动全面从严治党向基层延伸”的要求，明确强调“对基层贪腐以及执法不公等问题，要认真纠正和严肃查处，维护群众切身利益，让群众更多感受到反腐倡廉的实际成果”。

在随后发布的十八届中央纪委六次全会公报中，“坚决整治和查处侵害群众利益的不正之风和腐败问题”被单列为当年的 7 项重点工作之一。

2019 年 10 月 1 日上午，庆祝中华人民共和国成立 70 周年大会在北京天安门广场隆重举行。这是群众游行中的“从严治党”方阵。新华社记者 兰红光 摄

抓住群众普遍关注、反映强烈和反复出现的问题，持续纠治教育医疗、养老社保、扶贫环保等领域腐败和不正之风，坚决惩处涉黑涉恶“保护伞”，坚决斩断伸向群众利益的“黑手”……

党的十九大以来，到 2022 年 4 月底，全国共查处民生领域腐败和作风问题 49.6 万个，给予党纪政务处分 45.6 万人。一个个案件、一次次整治，让人民群众切实感受到公平正义就在身边。

国家统计局 2020 年年底调查显示，95.8% 的群众对全面从严治党、遏制腐败充满信心。

为政清廉才能取信于民，秉公用权才能赢得人心。

在以习近平同志为核心的党中央坚强领导下，下大气力改进作风，依纪依法严惩腐败，让人民群众看到实实在在的成效和变化，不断将

2016 年 5 月 17 日，党员干部在福建省福州市闽清县反腐倡廉警示教育中心接受警示教育。新华社记者 宋为伟 摄

党风廉政建设和反腐败斗争向纵深推进，必将以全党的强大正能量在全社会凝聚起推动中国发展进步的磅礴力量。（新华社记者孙少龙）

越来越多“微腐败”无处遁形 大数据开启反腐新的“探照灯”

开着奔驰拿低保，逝者离奇领补贴……越来越多从前不易发现的“微腐败”，正因为大数据反腐系统的建立无处遁形。

十九届中央纪委四次全会要求，精准监督、创新监督，深化纪检监察体制机制改革创新，以高质量党内监督、国家监察促进国家制度和治理体系提质增效。“新华视点”记者追踪近年来多地智慧监督平台运行情况，透视反腐新动向。

大数据开启反腐全天候“探照灯”

在辽宁省沈阳市纪委监委大楼，有两间23℃恒温的机房，近百台服务器罗列在黑色金属架上。这是沈阳市纪委监委与中科院计算技术研究所合作的大数据监督技术实验室。

这些机器就像沈阳市纪委监委的“大脑”，存储着全市上千个一级预算单位的数十亿条数据。通过数据计算、分析，能发现各种问题，就像开启全天候“探照灯”，让更多“微腐败”甚至“隐身人”悄然现形。

通过系统数据分析比对，发现有的人开着奔驰拿低保，158名公务员涉嫌违规经商办企业，4757名逝者离奇领取补贴救助，1546名企业法人领取1614万元低保……大数据打通“信息孤岛”屏障，一些隐蔽的腐败问题清晰浮现。

“以往纪委监委的很多工作是‘手工活儿’，一例一例筛查。”

沈阳市纪委监委正风肃纪监督室副主任查岩介绍，“像建设领域的围标、串标行为，原来一般都局限于一个案子。现在有了这个平台，所有公司的招投标行为一目了然”。

记者发现，多地开始借助大数据系统提升监督质效。

贵州在很多乡镇便民服务中心和村委会安装了运行扶贫民生领域监督系统的触摸查询一体机，追缴资金数千万元。2019 年以来，湖北通过“互联网 + 监督”方式核查扶贫项目，追缴相关扶贫资金 800 余万元。浙江建德市纪委党风政风监督室工作人员介绍，通过智慧监督平台已发现疑点信息 986 个，涉及 18 个类别。

记者了解到，大棚房、人防、民政、科技、医保、社保、招投标、“四风”问题等领域，吃拿卡要、盘剥克扣、优亲厚友等群众反映强烈的问题，都是大数据系统的“扫描范围”。

据不完全统计，目前，包括湖南麻阳、宁乡、怀化，江西修水，辽宁沈阳，浙江建德等在内的 30 多个县（区、市），已在探索应用大数据监督系统。发现疑似问题线索 31 万条以上，挽回损失 8 亿多元，给贫困人员至少返还资金 3728 万元。

大数据反腐如何运行？

大数据的全天候反腐“探照灯”到底如何运作？机器如何理解复杂的政策？又如何从海量信息中发现问题？

——对公权力数据化分析。负责系统开发的中科院计算技术研究所的方金云说，首先要将公权力数据化，找到五大参数——资金、项目、物资、决策、关键人，采集相应数据。

例如，沈阳从全市 1260 余家一级预算单位、1000 余家二级预算单位采集各类数据 38 亿条，纳入资金总量 2474.5 亿元。建立 86 个原生数据库，在国库支付类数据库中，将全市 6600 多项补贴资金，整理为包含 14 大类、544 小类的资金目录清单，实现每一笔资金的依据、来源、去向、发放全程可记录、可留痕、可追溯。

——“数据体检”。方金云介绍称，要通过数学建模，利用复杂的公式和函数来让机器理解政策如何执行、权力如何运行，在此基础上比对分析海量行权数据，准确发现可疑问题。

大数据分析过程被形象地比喻为“体检”：不同指标对应着不同阈值，超过阈值就会“亮起红灯”。就像体检报告一样，如果某一项指标出现异常，并不能说明“病了”，但如果指标全部飘红或某一指标特别高，就肯定有问题。

——实时提醒。一旦发现问题，系统会立即作出提醒。记者从江西省修水县了解到，该县的大数据平台将民生项目划分为计划、设计、招标等19个关键环节，设置28类评价指标。每个指标被赋予一定分值，系统根据数据打分，叠加后出现异常便进行提醒。异常线索推送给相关职能部门及纪委后，由职能部门进行核实和整改。若各职能部门在核实过程中发现有价值的线索，则须反馈给纪委，由纪委再调查核实。

“通过自动比对和实时提醒，能及时发现被监督单位在资金管理和发放方面的问题，我们纪检监察组也能有针对性地督促整改，监督效率明显提升。”建德市纪委监委派驻第五纪检监察组组长孙施伟说。

推动社会治理现代化，需进一步完善相关政策法规

“监督的真正目的是守护群众利益，保护干部安全。”看过很多案例的方金云感慨，“大多数腐败人员都能记得第一次拿钱的情景，很多干部是在‘温水煮青蛙’的过程中被一点点腐蚀的。大数据监督的愿景之一，就是填平权力围猎者挖的‘坑’。”

中国纪检监察学院原副院长李永忠认为，大数据监督具有公开性、科学性、规律性等优势，有助于推动国家治理体系现代化。一方面，大数据的采集和比对，为发现违纪行为和突破案件提供了证据支撑，推进了依法监督；另一方面，也能进一步发现和填补制度漏洞，推进

深化改革，提升科学管理能力。

基层相关工作人员认为，在国家监察体制改革背景下，监察对象数倍增加，未来各地应加强统筹信息化建设，破解数据“条块”割裂难题，形成“监督大数据仓库”。

在大数据反腐推进过程中，如何既保证数据公开透明又不触碰个人隐私？方金云说，平台收集的都是行权数据，不涉及银行、出行、通话等个人隐私数据。此外，通过消隐技术也可以隐藏姓名、身份证号等信息，避免“选择性执法”。

贵州省惠水县纪委书记、县监察委主任李利认为，在采集基础数据时，个人隐私信息保护、管理权限设置、信息泄露问责等问题，均需从政策法规层面进一步完善。

查岩介绍，未来，沈阳计划以大数据立法为先导，推动《沈阳市政务数据资源共享开放条例》立法，为数据公开、数据备案和大数据监督提供基础设施和法制保障。同时以创新性发展为方向，实现大数据监督的培育应用。“对于已初步搭建起的技术平台，要充分发挥大数据反腐潜力。”

方金云认为，打造企业项目、干部廉政、资源交易、资金监管、扶贫监督、案件办理、嵌入监督、权力画像等监督系统全景图，用大数据等科技手段反腐防腐，是今后加强对公权力制约和监督的一个重要方向。“目前我们只能算是摸着石头过河，相信在未来将成为一种趋势。”（新华社“新华视点”记者舒静、朱基钗、农冠斌、于也童；参与记者：丁非白、李惊亚、郑梦雨、宋佳）

开局之年，习近平总书记这样部署全面从严治党

1 月 9 日，习近平总书记在二十届中央纪委二次全会上发表重要讲话强调，一刻不停推进全面从严治党，保障党的二十大决策部署贯彻落实。

治国必先治党，党兴才能国强。

在 2023 年这一贯彻党的二十大精神的开局之年，习近平总书记的重要讲话为我们将全面从严治党这一党的长期战略、永恒课题进行到底指明了前进方向。

时刻保持解决大党独有难题的清醒和坚定

习近平总书记在党的二十大报告中指出，我们党作为世界上最大的马克思主义执政党，要始终赢得人民拥护、巩固长期执政地位，必须时刻保持解决大党独有难题的清醒和坚定。

“保持解决大党独有难题的清醒和坚定”——从中央政治局会议到中央政治局民主生活会，再到这次中央纪委全会，党的二十大后的多次重要会议上，这一表述频繁出现，成为新征程党推进自我革命的鲜明印记。

何谓“大党独有难题”？这次中央纪委全会上，习近平总书记以六个“如何”作出深入阐释——

如何始终不忘初心、牢记使命，如何始终统一思想、统一意志、统一行动，如何始终具备强大的执政能力和领导水平，如何始终保持

干事创业精神状态，如何始终能够及时发现和解决自身存在的问题，如何始终保持风清气正的政治生态。

2018 年 1 月，党的十九大后，在面向新进中央委员会的委员、候补委员和省部级主要领导干部的“开年第一课”上，习近平总书记就曾指出，我们党是世界上最大的政党，大就要有大的样子，同时大也有大的难处。

从“大的难处”到“大党独有难题”，习近平总书记的清醒和坚定始终不变。这次中央纪委全会上，习近平总书记深刻指出，解决这些难题，是实现新时代新征程党的使命任务必须迈过的一道坎，是全面从严治党适应新形势新要求必须啃下的硬骨头。

健全全面从严治党体系

党的二十大报告首次提出“健全全面从严治党体系”，这是强化管党治党全面系统布局、协同高效推进的重大举措。

这次中央纪委全会上，习近平总书记指出，新时代十年，我们党不断深化对自我革命规律的认识，不断推进党的建设理论创新、实践创新、制度创新，初步构建起全面从严治党体系。

回顾新时代十年全面从严治党的伟大历程可以看到，从系统的理论指导，到完善的任务布局，再到健全的制度设计、配套的工作抓手，管党治党的“四梁八柱”日趋完善。放眼全世界，没有任何一个其他政党能像中国共产党这样从严管党治党，能像中国共产党这样拥有如此科学严密的全面从严治党体系。

如何进一步健全全面从严治党体系？习近平总书记以三个“更加突出”和四个“全”作出部署。

三个“更加突出”，就是坚持制度治党、依规治党，更加突出党的各方面建设有机衔接、联动集成、协同协调，更加突出体制机制的健全完善和法规制度的科学有效，更加突出运用治理的理念、系统的观念、辩证的思维管党治党建设党。

四个“全”，就是坚持内容上全涵盖、对象上全覆盖、责任上全链条、制度上全贯通，进一步健全全面从严治党体系，使全面从严治党各项工作更好体现时代性、把握规律性、富于创造性。

坚定不移深入推进全面从严治党

2023 年是贯彻党的二十大精神的开局之年，是实施“十四五”规划承前启后的关键一年，是为全面建设社会主义现代化国家奠定基础的重要一年。

意义非凡的一年，如何向着新的奋斗目标再出发，坚定不移深入推进全面从严治党？这次中央纪委全会上，习近平总书记作出细致部署——

谈政治监督，指出“要在具体化、精准化、常态化上下更大功夫”“要及时准确发现有令不行、有禁不止，做选择、搞变通、打折扣，不顾大局、搞部门和地方保护主义，照搬照抄、上下一般粗等突出问题”；

谈中央八项规定，指出“要继续纠治享乐主义、奢靡之风”“要把纠治形式主义、官僚主义摆在更加突出位置”；

谈纪律建设，指出“要把纪律建设摆在更加突出位置，党规制定、党纪教育、执纪监督全过程都要贯彻严的要求”；

谈反腐败斗争，指出要“在不敢腐上持续加压”“在不能腐上深化拓展”“在不想腐上巩固提升”，同时强调“进一步健全完善惩治行贿的法律法规”“严厉打击那些所谓‘有背景’的‘政治骗子’”；

谈健全党统一领导、全面覆盖、权威高效的监督体系，指出“党委（党组）要发挥主导作用，统筹推进各类监督力量整合、程序契合、工作融合”，同时强调“要持续深化纪检监察体制改革”“要把巡视利剑磨得更光更亮”……

一分部署，九分落实。

时刻保持解决大党独有难题的清醒和坚定，驰而不息将全面从严治党向纵深推进，百年大党必将在自我革命中不断焕发蓬勃生机，始终成为中国人民最可靠、最坚强的主心骨。(新华社第一工作室)

中央纪委国家监委公开通报十起粮食购销领域违纪违法典型案例

近年来，各级纪检监察机关会同发改、财政、国资、市场监管、粮食等部门开展了粮食购销领域腐败问题专项整治，纠治了一批突出问题，查处了一批典型案件，推动完善了一批监管制度。日前，中央纪委国家监委对十起粮食购销领域违纪违法典型案例进行公开通报，具体如下：

中储粮集团公司原党组成员、副总经理徐宝义干预和插手粮食业务招标代理、受贿案。徐宝义接受他人请托，违规向中储粮集团公司负责招标代理的工作人员打招呼，帮助某招标公司进入中储粮集团公司招标代理机构名录；利用职务便利，在粮食物流仓储经营、收储库点确定等方面，为他人谋取利益，收受贿赂1300余万元，涉嫌受贿犯罪。徐宝义还存在其他严重违纪违法问题，被开除党籍、开除公职，涉嫌犯罪问题被移送检察机关依法审查起诉。

山西省原粮食局党组书记、局长杨随亭违规决策造成国有资产损失、违反财经纪律、受贿案。杨随亭违规同意所属粮库与民营企业采用赊销方式轮换储备粮，造成国有资产损失1489万余元；违反财经法律法规，安排使用储备粮补贴支付机关运行费用1152万余元；利用职务便利，在涉粮项目合作、粮食储备指标分配等方面，为他人谋取利益，收受贿赂1400余万元，涉嫌受贿犯罪。杨随亭还存在其他严重违纪违法问题，被开除党籍、取消退休待遇，涉嫌犯罪问题被移送检察机关依法审查起诉。

内蒙古自治区发展改革委原党组成员、粮食和物资储备局原党组书记、局长张天喜对审计发现问题整改不力、受贿案。2018年12月，内蒙古自治区审计厅向张天喜反馈了自治区粮食局存在专项资金账外管理等问题，要求60日内完成整改，但张天喜直至2021年5月退休仍未按要求采取有效措施完成整改；张天喜利用职务便利，在临储粮指标分配、工作调整等方面，为他人谋取利益，收受贿赂250余万元，涉嫌受贿犯罪。张天喜还存在其他严重违纪违法问题，被开除党籍、取消退休待遇，涉嫌犯罪问题被移送检察机关依法审查起诉。

黑龙江省原粮食局党组书记、局长胡东胜违规由下属单位支付个人费用、受贿案。胡东胜多次安排省粮食局下属单位为其报销住房装修材料、购买手机等个人费用，无偿接受省粮食局下属单位提供的因私客房住宿及服务；利用职务便利，在粮食收储业务、粮仓工程承揽、企业经营等方面，为他人谋取利益，收受贿赂2900余万元，涉嫌受贿犯罪。胡东胜还存在其他严重违纪违法问题，被开除党籍、取消退休待遇，涉嫌犯罪问题被移送检察机关依法审查起诉。

福建省福州市粮食和物资储备局原党组书记、局长卢林违规从事营利活动、储备粮监管不力、受贿案。卢林利用职务便利，通过某民营投资公司实际控制人，代其个人持有福州市原粮食局牵头筹建的混合所有制企业12%股份；不正确履行监管职责，致使相关企业在动态储备粮采购和轮换业务中出现“以陈顶新”“转圈粮”、擅自动用等问题；在应急储备粮项目、企业经营等方面，为他人谋取利益，收受贿赂740余万元，涉嫌受贿犯罪。卢林还存在其他严重违纪违法问题，被开除党籍、取消退休待遇，涉嫌犯罪问题被移送检察机关依法审查起诉。

中储粮集团公司广西分公司原副总经理张东升挪用公款、受贿、为亲友非法牟利案。张东升通过签订虚假粮食购销协议等方式，将公款1.1亿余元挪用给他人，涉嫌挪用公款犯罪；利用职务便利，在粮食储运工程、临储粮收储库点审批等方面，为他人谋取利益，收受贿赂1600余万元，涉嫌受贿犯罪；以明显低于市场的价格，向其亲属经营的企业提供散粮车服务，造成国有资产损失440万余元，涉嫌为亲友非法牟利犯罪。张东升还存在其他严重违纪违法问题，被开除党籍、开除公职，涉嫌犯罪问题被移送检察机关依法审查起诉。

安徽省粮食集团有限责任公司原党委书记、董事长周新开"以陈顶新""先收后转"、违规出借钱款收取高息、受贿案。周新开在收储政策性粮食过程中，伙同或安排他人，违规将先前收购的商品粮、陈粮共计1.15万余吨，转为价格更高的"托市粮"，非法套取差价；向业务往来单位人员放贷230万元，获取大额回报；利用职务便利，在经营粮食业务方面，为他人谋取利益，收受贿赂290余万元，涉嫌受贿犯罪。周新开还存在其他严重违纪违法问题，被开除党籍、开除公职，涉嫌犯罪问题被移送检察机关依法审查起诉。

陕西粮农集团有限责任公司原党委书记、董事长王东锋违规销售储备粮、违规管理专项资金、受贿案。王东锋违规安排轮换销售3.89万余吨省级储备稻谷，致使省级储备粮长期空库、亏库；违规将下属企业的4.25亿元储备粮专项资金与经营性资金混用，造成粮食安全风险；利用职务便利，在粮库智能化升级改造项目、粮食业务经营等方面，为他人谋取利益，收受贿赂675万余元。王东锋还存在其他严重违纪违法问题，被开除党籍、取消退休待遇，判处有期徒刑十二年六个月并处罚金。

广东省韶关市粮食和物资储备保障中心原主任熊军虚假轮换粮食、代储成品粮监管不力、贪污、受贿案。熊军违规安排虚假轮换粮食，致使储备粮存在质量安全隐患；监管不力，对相关企业包干轮换的储备大米存在严重质量及数量不足问题负主要领导责任；利用职务便利，通过虚增购粮价格等方式，侵吞公款1300余万元，涉嫌贪污犯罪；

在粮食代储、轮换等方面，为他人谋取利益，收受贿赂27万余元，涉嫌受贿犯罪。熊军还存在其他严重违纪违法问题，被开除党籍、开除公职，涉嫌犯罪问题被移送检察机关依法审查起诉。

广西壮族自治区桂林市第一、第三粮库原主任曾贵良虚假轮换、违规代储储备粮、挪用公款、受贿案。曾贵良违规决定签订虚假购销合同，在未实际发生购销业务情况下，虚假轮换市级储备粮，套取财政补贴；违规租用无资质的仓库，代储市级储备粮；擅自决定将公款8600余万元挪用给他人；利用职务便利，在承揽粮库工程等方面，为他人谋取利益，收受贿赂10万余元。曾贵良还存在其他严重违纪违法问题，被开除党籍、开除公职，判处有期徒刑六年六个月并处罚金。

中央纪委国家监委指出，上述十起案件均是在专项整治工作期间查办，涉及政策性粮食收储、销售、轮换及监管等重点环节，反映出当前粮食购销领域腐败问题存量尚未见底、增量还在发生，特别是监管缺失缺位、内外勾结、执法不严等问题突出，“靠粮吃粮”易发多发，粮食购销领域腐败问题系统施治、实现根治任重道远。严肃查处并公开通报这些典型案例，进一步彰显了党中央坚定不移推进党风廉政建设和反腐败斗争的坚强决心、坚定意志，持续释放了深入整治粮食购销领域系统性腐败的强烈信号，广大党员干部必须从中深刻汲取教训、切实引以为戒。

中央纪委国家监委强调，各级纪检监察机关要认真贯彻落实党的二十大精神，按照中央纪委二次全会部署要求，不断提高政治站位、增强政治自觉，持续加大工作力度，将集中整治粮食购销领域腐败问题作为当前一项重要任务，紧抓不放，务求实效。要始终坚持严的基调，紧盯粮食购销领域腐败重点、难点问题，积极采取措施，持续加大查办案件力度，打出声势气势，形成高压氛围。要强化督促检查，层层传导压力，压紧压实粮食购销主体责任、监管责任，推动基层国有粮库强化内部治理，坚决纠治不作为、慢作为、乱作为，着力解决监管缺失缺位问题。要探索建立常态化监督机制，结合查办涉粮腐败案件，查找制度漏洞、监管漏洞，一体谋划和推动以案促改、促治，加快推进智慧粮库建设，深化粮食储备和购销体制机制改革，推动粮食购销领域腐败问题系统治理、长效治理取得新成效。（新华社记者孙少龙）

第二章

正风肃纪

扫一扫，观看
《正风之路》

坚持以严的基调强化正风肃纪

——全面从严治党启新程之“正风肃纪篇”

纠治“四风”任重道远，作风建设永不停歇。

“锲而不舍落实中央八项规定精神，抓住‘关键少数’以上率下，持续深化纠治‘四风’”。党的二十大对抓作风、反“四风”作出新部署，释放出作风建设只有进行时、没有完成时的鲜明信号。

在以习近平同志为核心的党中央坚强领导下，中央纪委国家监委和各级纪检监察机关聚焦突出问题、紧盯关键节点，一刻不松、半步不退，以斗争精神抓作风、反“四风”，不断把作风建设引向深入。

持续加固中央八项规定堤坝　驰而不息纠“四风”

“查处违反中央八项规定精神问题 9301 起，批评教育帮助和处理 13615 人，给予党纪政务处分 9179 人……”

2022 年 12 月 27 日，中央纪委国家监委公布了 2022 年 11 月全国查处违反中央八项规定精神问题月报数据。这已是该数据连续第 111 个月公布。

数据无声，却传递出清晰的信号——中央纪委国家监委和各级纪检监察机关深入贯彻落实党的二十大精神，毫不松懈狠抓作风，坚持全面从严、一严到底，对“四风”问题露头就打、反复敲打。

作风建设是攻坚战，也是持久战，既要抓“常”抓“长”，也要抓“节点”、抓“考点”。

“湖北省政府原党组成员、副省长曹广晶违规收受礼金，违规公款吃喝，接受可能影响公正执行公务的宴请和旅游安排问题”“湖南省常德市人大常委会原副主任、石门县委原书记谭本仲违规收受礼品、礼金，违规公款吃喝，不顾实际使用大额财政资金建设景观工程问题”……

2022年12月22日，中央纪委国家监委公开通报10起违反中央八项规定精神典型问题。从这些案例不难看出，在持续正风肃纪的高压态势下，仍有少数党员干部政治意识缺失，特权思想严重，不收敛不收手，花样翻新搞“四风”。

作风建设永远在路上，绝不能有歇歇脚、松口气的想法。

紧盯违规吃喝、收送礼品礼金等“节日病”，抓住普遍发生、反复出现的问题深化整治，开展明察暗访、专项检查，对典型案例通报曝光……一年来，中央纪委国家监委和各级纪检监察机关紧盯“四风”问题新表现新动向，精准施治、久久为功。

中央纪委国家监委党风政风监督室有关负责人表示，纪检监察机关将聚焦党的二十大确定的目标任务，坚持以严的基调强化正风肃纪，对享乐奢靡问题露头就打，重点纠治形式主义、官僚主义问题，将严的基调、严的措施、严的氛围长期坚持下去。

纾民困解民忧　让群众切身感受到新变化新气象

“以前只是听说有高龄补贴，但不知道手续怎么办、去哪里领补贴，在你们的督促下，社区同志主动找到我把手续办好了。”

2022年12月20日，在河南省驻马店市驿城区雪松社区，刚刚领取了高龄补贴的八旬老人王大爷笑逐颜开。

据介绍，今年以来驻马店市纪委监委积极开展养老领域专项治理，督促市民政局全面排查全市应享高龄补贴人群数据，对全市21万名80岁以上老人逐月足额发放补贴。

群众期盼处，就是作风建设的发力点。

中央纪委国家监委和各级纪检监察机关坚持“有什么问题就解决什么问题，什么问题突出就集中整治什么问题”，聚焦中央有关重大决策部署，聚焦群众反映强烈的突出问题，深入推进整治群众身边不正之风和腐败问题工作。

“8月30日，7月电费支出7930元；9月7日，省级美丽乡村奖补资金收入10万元……我们用手机一扫，就能查看村里的收支情况。”2022年12月12日，山东省莒县长岭镇石井一村村民史安波在农闲间隙，又体验了一回“码上监督”。

“码上监督”是莒县纪委监委以农村“三资”监管为重点打造的智能化监督新模式。村民只需用手机扫码登录平台，就能查看村务公开情况，对有疑问的可以随时在线上反映，有效地让监督直达群众“指尖”。

一年来，一个个案件、一次次整治，让人民群众切实感受到公平正义就在身边。

“只有营造好风清气正的政治生态，才能让群众切身感受到新变化新气象。”中央纪委国家监委党风政风监督室有关负责人表示，下一步将围绕就业创业、教育医疗、养老社保、生态环保、安全生产、食品药品安全等领域损害群众利益的突出问题，紧盯乡村振兴领域不正之风和腐败问题，以及深入推动“打伞破网”常态化机制化部署开展整治工作，着力解决好人民群众急难愁盼，增进民生福祉。

把纪律建设摆在更加突出位置　让铁纪“长牙”、发威

“从政治生态调研情况看，分管部门干部队伍建设总体较好，多数部门班子和干部队伍干劲较足，但同时也一定程度存在着纪律意识、规矩意识不够强等情况。”

“针对以上情况，向您提出几点建议：进一步督促分管部门党组

加强教育、加强管理；进一步督促部门持续优化营商环境……”

这是近期吉林省纪委监委主要负责同志与相关部门“一把手”谈话的场景，也是各级纪检监察机关深化运用监督执纪“四种形态”，贯彻惩前毖后、治病救人方针，做实做细日常监督的一个缩影。

数据显示，2022 年前三季度，全国纪检监察机关运用“四种形态”批评教育帮助和处理共 128.5 万人次。其中，运用第一种形态批评教育帮助 87 万人次，占总人次的 67.7%；运用第二种形态处理 32.4 万人次，占 25.2%。

可以看到，运用第一、二种形态处理人数占比仍然保持在 90% 以上，充分体现出纪检监察机关坚持抓早抓小、防微杜渐，强化日常监督取得的显著成效。

党的纪律是党的生命。纪律不严，从严治党就无从谈起。

党的二十大报告强调，全面加强党的纪律建设，督促领导干部特别是高级干部严于律己、严负其责、严管所辖，对违反党纪的问题，发现一起坚决查处一起。

从扎紧制度的篱笆，以有纪可依、执纪必严、违纪必究的有力行动，推动全党形成遵规守纪的浓厚氛围；到开展经常性党纪教育，抓住领导干部这个“关键少数”带动广大党员真正把纪律严起来；再到把严的要求贯穿执纪监督全过程，切实让铁纪“长牙”、发威，让干部醒悟、知止……纪律建设一步一个脚印，取得了显著成效。

中央纪委国家监委党风政风监督室有关负责人表示，下一步，要把纪律建设摆在更加突出位置，坚持纪严于法、纪法贯通，巩固发展执纪必严、违纪必究常态化成果，进一步增强广大党员干部的纪律意识、规矩意识，让纪律建设成为全面从严治党的有力支撑和治本之策，努力营造风清气正的政治生态。（新华社记者黄玥、孙少龙）

在新时代新征程上一刻不停推进全面从严治党

——习近平总书记在二十届中央纪委二次全会上的重要讲话在广大干部群众中引发强烈反响

习近平总书记在二十届中央纪委二次全会上的重要讲话，充分肯定党的十八大以来全面从严治党取得的伟大成就，为新时代新征程上一刻不停推进全面从严治党、深入推进新时代党的建设新的伟大工程指明了前进方向，在各地干部群众中引发强烈反响。

大家表示，要深入学习贯彻习近平总书记重要讲话精神，全面贯彻落实党的二十大精神，深刻领悟“两个确立”的决定性意义，进一步增强“四个意识”、坚定“四个自信”、做到“两个维护”，以永远在路上的坚韧和执着，坚定不移全面从严治党，奋力谱写全面建设社会主义现代化国家新篇章。

发扬彻底的自我革命精神

“新时代十年，党中央把全面从严治党纳入‘四个全面’战略布局，刀刃向内、刮骨疗毒，猛药祛疴、重典治乱，使党在革命性锻造中变得更加坚强有力。”聆听习近平总书记对新时代全面从严治党成就作出的深刻总结，江苏省镇江市丹徒区世业镇的老党员崔荣海心潮澎湃、倍感振奋。

2014 年 12 月，习近平总书记在世业镇考察时，崔荣海紧握总书记的手说：“您是腐败分子的克星，全国人民的福星！”正是在这次考察中，习近平总书记首次提出“全面从严治党”，“四个全面”战略布局完整提出。

“习近平总书记在讲话中强调发扬彻底的自我革命精神，就是在警醒我们管党治党丝毫不能松懈、一刻不能放松。”这几天，崔荣海定时收看了《永远吹冲锋号》专题片。他表示，新时代十年，全面从严治党成效显著，我们要继续推进反腐败工作，永不止步！

春节临近，江西省上饶市纪委监委机关一间会议室内，来自市纪委监委和当地财政、审计等部门的检查组同志正在讨论如何开展节日期间的明察暗访。

“我们以作风建设为切入口推进全面从严治党，坚持党性党风党纪一起抓，以自我革命精神进一步推动实现看得见摸得着的作风之变。”上饶市纪委书记、市监委主任陈冰说，中央八项规定出台已十年多，要牢记习近平总书记提出的“常抓不懈、久久为功，直至真正化风成俗”的重要要求，推进作风建设常态化长效化，使新时代共产党人的“金色名片”越擦越亮。

唯有永葆自我革命精神，方能解决大党独有难题。

“新时代十年革命性锻造，我们党找到了自我革命这一跳出治乱兴衰历史周期率的第二个答案，成功开拓了党长期执政之道、强党强国之道，始终保持旺盛生机活力。”中央党校（国家行政学院）马克思主义学院党总支专职副书记、研究员薛伟江说。

他表示，习近平总书记深刻分析了大党独有难题的形成原因、主要表现和破解之道，体现了我们党对所处历史方位、肩负使命任务、面临复杂环境的清醒认识，充分彰显了新时代中国共产党人对党的根本性质和党情国情发展变化的深刻把握，必须认真学习领会。

深化对自我革命规律的认识

习近平总书记强调，要坚持内容上全涵盖、对象上全覆盖、责任上全链条、制度上全贯通，进一步健全全面从严治党体系，使全面从严治党各项工作更好体现时代性、把握规律性、富于创造性。

“这是在党的二十大报告提出健全全面从严治党体系后，习近平总书记围绕这项工作作出的新部署。”武汉大学马克思主义学院副院长简繁表示，构建全面从严治党体系，要在“全面”上下功夫，使各领域相互协同、各环节紧密衔接，同时把“严”的要求贯彻实际工作全过程全方面，做到真管真严、敢管敢严、长管长严。

健全全面从严治党体系，需要坚持制度治党、依规治党。

业务部门负责人和业务骨干轮流上台当“教员”，深入解读本部门履职尽责所涉及的党纪法规，主要领导和班子成员带头当“学生”，不时提问交流……在贵州省纪委监委，这样的常态化学法学规活动2022年以来已举办10期。

“通过这些活动，我们能更加全面深刻理解党纪法规，学法懂法用法守法，加深对自我革命规律的认识，努力以治理的理念、系统的观念、辩证的思维开展工作。”贵州省纪委监委第四监督检查室副主任缪凡说。

“必须进一步加强基层党支部建设，让全面从严治党更好向基层延伸。”河北省廊坊市永清县韩村镇南石村党支部书记兼村委会主任王长伦说，作为“全链条”上的基层一环，要以身作则规范村务管理，在乡村振兴工作中加深对党的建设规律的认识，以实际行动杜绝损害群众利益的“微腐败”。

把自己摆进去、把职责摆进去、把工作摆进去，纪检监察机关不断深化对管党治党规律、反腐败斗争规律的认识，探索健全全面从严治党体系。

近日，河南省漯河市临颍县纪委监委采取“分批轮训”的方式，淬炼基层办案力量，推动一线纪检监察干部不断“充电赋能”。

“我们要认真领会习近平总书记重要讲话精神，不断探索新途径、新方法，让一线纪检队伍在实践中深化对自我革命的规律性认识，进一步增强法治意识、程序意识、证据意识，不断提高纪检监察工作规范化、法治化、正规化水平。”临颍县纪委书记、县监委主任黄卫平说。

以党的自我革命引领社会革命

2023年是全面贯彻落实党的二十大精神的开局之年。习近平总书记在二十届中央纪委二次全会上指出，“要以有力政治监督保障党的二十大决策部署落实见效”“要推动完善党中央重大决策部署落实机制，以有力有效日常监督促进各项政策落实落地”。

连日来，云南省普洱市对2022年度落实全面从严治党主体责任进行年终“盘点”，就学习宣传贯彻党的二十大精神、履行管党治党责任等履职情况，对全市10县区、75个市级部门党政“一把手”进行“一对一”监督谈话。

党中央有部署，纪检监察见行动。

普洱市纪委书记、市监委主任齐晓勇说，要加强政治监督，在具体化、精准化、常态化上下更大功夫，督促全市各级各单位把党的二十大提出的重大战略，落实到责任清单、任务清单、措施清单、成效清单上，促进各级“一把手”知责担责，确保党中央决策部署条条落实、件件落地、事事见效。

浙江省宁波市北仑大榭岛上，位于海平面以下90—150米的“百地年200万方丙烷地下洞库”项目近日完成地下主洞库的开挖作业，整体建成后将大幅增加液化石油气仓储、中转能力。

“这些重大项目的落地落细，得益于当地纪委监委实行专项监督，聚焦责任、政策、资金、干部作风落实等重点强化监督。”宁波经济技术开发区自贸区政策法规局副局长、党组成员裘锡军表示，未来更需找准找实服务保障新时代新征程党的使命任务的切入点、着力点，一刻不停推进全面从严治党，以高质量党建引领高质量发展，让这片开放热土不断迸发新活力。

全面从严治党，必须抓基础、强基层。

天津市西青区精武镇格调松间社区党支部书记、居委会主任王丽认为，社区基层党组织要切实发挥主导作用，打通政策贯彻执行中的堵点淤点难点，了解群众急难愁盼，让居民话有地方说、理有地方讲，努力打通服务群众的“最后一公里”。

延河之畔，宝塔山下。“初心永驻　使命相继——建党精神　延安精神　红旗渠精神联展”在延安革命纪念馆拉开序幕，以珍贵历史照片和厚重文物，激励广大党员、干部奋进新征程、建功新时代。

“我们要不折不扣落实好习近平总书记‘三个区分开来’重要要求，把严管厚爱贯穿于干部队伍建设全过程，不断健全完善正向激励体系，为新征程上干事创业的‘闯将’撑腰鼓劲。”陕西省延安市委组织部常务副部长高志旺表示，要牢记“三个务必”，深入推进新时代党的建设新的伟大工程，为全面建设社会主义现代化国家开好局起好步提供坚强保障，以永不懈怠的精神状态和一往无前的奋斗姿态，向着新的奋斗目标勇毅前行。（新华社记者丁小溪、王子铭、郑生竹、李惊亚、李平、字强、李浩、冯大鹏、赖星、尹思源、齐雷杰、宋立崑）

激荡清风正气　凝聚党心民心

——以习近平同志为核心的党中央贯彻执行中央八项规定、推进作风建设纪实

2022 年 12 月 4 日，中央八项规定迎来出台十周年。

十年徙木立信。以习近平同志为核心的党中央从制定出台八项规定破题，以上率下推进全党作风建设不松劲、不停步、再出发，刹住了一些长期没有刹住的歪风，纠治了一些多年未除的顽瘴痼疾。

十年春风化雨。全党上下抓铁有痕、踏石留印，党风廉政建设深入推进，八项规定精神落地生根，使党风政风焕然一新，社风民风持续向好，让人民群众看到了实实在在的成效和变化。

八项规定，试出了人心向背，厚植了党的执政根基，已成为中国共产党作风建设的“金色名片”，成为改变中国党风政风社会风气的标志性话语。

一以贯之　常抓不懈

2022 年 10 月 25 日，党的二十大闭幕仅 3 天，习近平总书记主持召开中央政治局会议，研究部署学习宣传贯彻党的二十大精神。

会议的一项重要议程，即是审议《中共中央政治局贯彻落实中央八项规定实施细则》。

5 年前，2017 年 10 月 27 日，党的十九大闭幕刚 3 天，习近平

总书记主持召开十九届中央政治局会议，审议通过《中共中央政治局贯彻落实中央八项规定的实施细则》，巩固和拓展落实八项规定精神成果，对相关内容进一步作出细化完善，提出更高要求。

时间的指针拨回10年前。2012年12月4日，党的十八大闭幕不到一个月，习近平总书记主持中央政治局会议，审议通过中央政治局关于改进工作作风、密切联系群众的八项规定。

短短600余字，八项规定从调查研究、会议活动等8个方面为加强作风建设立下规矩。

也正是在这次会议上，习近平总书记带头作出承诺、发起号召，对新一届中央政治局委员提出要求：“党风廉政建设，要从领导干部做起，领导干部首先要从中央领导做起。正所谓己不正，焉能正人。”

浙江宁波市北仑区纪委工作人员在检查北仑区大数据发展管理中心2019年的公款消费票据，查找是否存在违规问题（2020年1月8日摄）。新华社记者 黄宗治 摄

这样的安排绝非巧合——

从十八届中央政治局一开始就为作风建设立下规矩，到十九届中央政治局、二十届中央政治局第一次会议均研究同样内容并进一步深化细化，释放出的正是一以贯之贯彻落实中央八项规定，将作风建设

进行到底的鲜明信号。

作风问题关系人心向背、关系党的生死存亡。

党的十八大以来，习近平总书记从巩固党的执政地位、践行党的初心使命的政治高度出发，就持之以恒落实中央八项规定精神、深化作风建设作出一系列重要论述，赋予作风建设新的时代内涵，深化了作风建设规律性认识。

政治自觉始终如一——

“党的作风和形象关系党的创造力、凝聚力、战斗力，决定党和国家事业成败”“中央八项规定不是五年、十年的规定，而是长期有效的铁规矩、硬杠杠”“风险越大、挑战越多、任务越重，越要加强党的作风建设”；

政治要求坚定鲜明——

“必须加强党的政治建设，保证全党集中统一、令行禁止”“抓好全党作风建设，首先要抓好中央委员会作风建设”“我们的领导干部不仅要自身过得硬，还要管好家属和身边工作人员，履行好自己负责领域的党风廉政建设责任，坚决同各种不正之风和腐败现象作斗争”；

战略部署重点突出——

“要继续在常和长、严和实、深和细上下功夫，密切关注享乐主义、奢靡之风新动向新表现，坚决防止回潮复燃”“要把力戒形式主义、官僚主义作为重要任务”“对享乐主义、奢靡之风等歪风陋习要露头就打，对‘四风’隐形变异新动向要时刻防范”；

初心使命永不褪色——

“要注重防范化解脱离群众、动摇根基的风险，始终保持党同人民群众的血肉联系”“要持续整治群众身边腐败和作风问题，让群众在反腐‘拍蝇’中增强获得感”“凡是群众反映强烈的问题都要严肃认真对待，凡是损害群众利益的行为都要坚决纠正”；

……

重庆市渝北区纪委监委工作人员利用“四风”问题监督系统进行线索分析（2019 年 1 月 15 日摄）。新华社记者 王全超 摄

激浊扬清，久久为功。

中央政治局每年召开民主生活会，听取贯彻执行八项规定情况汇报，开展批评和自我批评；

每年召开的中央全会、中央纪委全会等重要会议，习近平总书记都对贯彻执行中央八项规定、加强作风建设作出专门部署、提出明确要求；

从党的群众路线教育实践活动、“三严三实”专题教育、“两学一做”学习教育，到“不忘初心、牢记使命”主题教育、党史学习教育，接续开展的党内集中教育都对改进工作作风，密切联系群众提出明确要求……

2022 年 10 月 16 日，人民大会堂灯光璀璨，党的二十大开幕。

面对全场 2000 多名代表，面向全党全军全国各族人民，习近平总书记目光坚毅、话语铿锵——

“锲而不舍落实中央八项规定精神，持续深化纠治‘四风’，重点纠治形式主义、官僚主义，坚决破除特权思想和特权行为。”

踏上新征程，展现新风貌。

2022 年 10 月 27 日，党的二十大闭幕后首次京外活动，习近平总书记带领新当选的二十届中共中央政治局常委来到延安，瞻仰革命圣地。

在延安革命纪念馆，总书记在“延安时期的十个没有”展板前久久驻足。展板之上，列首位的正是“没有贪官污吏”。

在广西融水苗族自治县杆洞乡乌英苗寨，纪检监察干部（右一、右二）在了解扶贫产业补助资金的落实情况（2019 年 11 月 16 日摄）。
新华社记者 黄孝邦 摄

“当年毛泽东同志等老一辈革命家在延安，住窑洞、吃粗粮、穿布衣，用‘延安作风’打败了‘西安作风’。”习近平总书记话语坚定，“全党同志要把老一辈革命家和共产党人留下的光荣传统和优良作风传承好发扬好，勇于推进党的自我革命，坚定不移推进全面从严治党，始终保持党的先进性和纯洁性，确保党始终成为中国特色社会主义事业的坚强领导核心。”

以上率下 以身作则

“看看老乡们脱贫后生活怎么样，还有什么困难，乡村振兴怎么搞。”

2022 年 10 月 26 日，习近平总书记在陕西省延安市安塞区南沟村考察。

正值金秋，山上苹果园硕果累累。习近平总书记向现场采摘的果农了解今年苹果收成，同老乡们亲切交流，并采摘了一个红红的大苹果。

陕北的大红苹果，映照出总书记对全面推进乡村振兴的关心牵挂，饱含着人民领袖对群众的真挚情感。

山高水远，风雨同行；路遥万里，不忘初心。

十年来，习近平总书记深入地方考察调研百余次。每次考察调研，总书记都对安排方案亲自把关，不搞刻意设计，尽量安排紧凑，确保调研深入群众、务实高效。

深入脱贫攻坚一线，面对面同基层干部和群众聊家常、算细账，要求全面小康“一个都不能少”“不获全胜决不收兵”；

赴地方调研指导开展“不忘初心、牢记使命”主题教育，强调要把群众观点和群众路线落实到各个工作环节和具体行动中，让群众办事更方便、更踏实；

在疫情防控斗争的关键时刻飞赴武汉，强调“坚决打赢湖北保卫战、武汉保卫战”，坚定了广大干部群众必胜信心；

……

从东南沿海到西北内陆，从雪域高原到草原林区，十年来，习近平总书记听民声、察民情、问民意，用脚步丈量祖国大地，用真心倾听人民心声，用实干履行庄严承诺。

“4 个热菜：红烧鸡块、阜平烩菜、五花肉炒蒜薹、拍蒜茼蒿；一个猪肉丸子冬瓜汤；主食水饺、花卷、米饭和杂粮粥。特别交代不上酒水。”

在中国国家博物馆的网上展厅，一张习近平总书记 2012 年年底在河北阜平考察时的晚餐菜单格外引人注目。

一份菜单里看作风。朴素的家常便饭，严格的“四菜一汤”，折射出共产党人艰苦朴素的政治本色和优良传统。

党的十八大以来，无论是国内考察调研还是国外出访活动，习近平总书记始终以身作则、以上率下，带头严格执行中央八项规定，以行动作无声的号令、以身教作执行的榜样，为全党改进作风提供了强大动力。

出行上，一向轻车简从。党的十八大后首次出京赴广东考察，不腾道、不封路、不铺红毯，与群众直接接触、亲切交流；

住宿上，尽量简化安排。赴河北阜平考察，住的是16平方米房间。在四川芦山地震灾区，住的是临时板房；

用餐上，吃的都是家常便饭。在福建古田，同基层代表共进午餐，吃的是红米饭、南瓜汤。到陕北梁家河，和乡亲们一起吃的是荞麦饸饹、油馍馍、麻汤饭；

出访上，多次指示要精算代表团饭店入住天数，能省则省，不要浪费，住地不要豪华，干净舒适即可……

一言一行，体现带头贯彻执行中央八项规定的鲜明态度；点滴之间，彰显人民领袖亲近人民的深厚情怀。

2021年4月的一天，习近平总书记来到广西全州县毛竹山村考察，走进村民王德利家中。

从客厅到卫生间，从厨房到熏腊肉的柴房，总书记把家里仔仔细细看了个遍，不时询问有没有热水洗澡、电价贵不贵、自来水从哪儿来。

“总书记，您平时这么忙，还来看我们，真的感谢您。”王德利由衷地说。

“我忙就是忙这些事，‘国之大者’就是人民的幸福生活。”总书记微笑着回答。

质朴温暖的话语，尽显大党大国领袖担当。10年来，夙夜在公、日理万机，已成为习近平总书记的工作常态。

2014年，习近平总书记在接受俄罗斯电视台专访时，风趣地说：

“今年春节期间，中国有一首歌，叫《时间都去哪儿了》。对我来说，问题在于我个人的时间都去哪儿了？”

答案是——“都被工作占去了”。他告诉记者:“承担我这样的工作，基本上没有自己的时间。”

自北京一路向南，飞越江河湖海，抵达位于印度洋与太平洋交汇处的巴厘岛，再径直北上，飞抵中南半岛泰国湾畔曼谷……

2022年11月14日至19日，习近平总书记的东南亚之行举世瞩目。6天5夜的时间里，总书记密集出席30多场活动，“忙碌指数”不断攀升，尽显大国领袖“无我”的工作状态。

“您喜欢您的工作吗？您的工作累不累？”2019年，美国伊利诺伊州北奈尔斯高中中文班学生在写给习近平总书记的信中，曾好奇地提问。

“我的工作是为人民服务，很累，但很愉快。”习近平总书记在回信中回答。

河北宁晋县纪检干部与税务稽查人员在当地一家超市检查是否有单位公款购买购物卡情况（2018年12月29日摄）。
新华社记者 牟宇 摄

以身教者从，以言教者讼。

十年来，以习近平同志为核心的党中央认真贯彻执行中央八项规定及其实施细则，不打折扣、不做变通，以实际行动为全党立起标杆、做好榜样。

凝心聚力 成效卓著

“八项规定改变中国！”这是人民群众发自内心的赞誉。

十年来，以习近平同志为核心的党中央以八项规定为切入点和动员令，动真碰硬、标本兼治，一场激浊扬清的作风之变涤荡神州大地。

——“四风”问题得到有效纠治，清正廉洁的政治生态日益巩固。

浙江省建德市大洋镇位于三江口兰江段，当地土特产大洋螃蟹颇有名气。

“您好，今年蟹卡蟹券销售情况如何？请把销售记录给我们看一下……”今年国庆节，当地纪检监察机关联合职能部门组成专项检查小组，深入辖区各养殖场和大闸蟹专卖店，仔细询问“蟹卡蟹券”的面额、实际售价和销售情况，深挖细查党员干部违规收送“蟹卡蟹券”等“四风”问题。

“节点”就是“考点”。十年来，各地纪检监察机关紧盯违规吃喝、收送礼品礼金等“节日病”，开展明察暗访，对典型案例通报曝光，推动作风建设常态化、长效化。

“查处违反中央八项规定精神问题 7561 起，批评教育帮助和处理 10943 人……”

2022 年 10 月 27 日，中央纪委国家监委公布了今年 9 月全国查处违反中央八项规定精神问题月报数据。这已经是中央纪委国家监委连续公布月报数据的第 109 个月。

抓早抓小、防微杜渐。从遏制“舌尖上的浪费”，到刹住“车轮上的腐败”、整治“会所里的歪风”，再到持续解决形式主义突出问题，深化拓展为基层减负工作……以钉钉子精神纠治“四风”，刹住了一些长期没有刹住的歪风，纠治了一些多年未除的顽瘴痼疾。

——党员干部工作状态持续好转，干事创业的精气神有力提振。

会议套开、信息网上公示、精简材料报送……近年来，内蒙古自治区呼伦贝尔市的基层干部们经历了一系列的“断舍离”，摆脱了文山会海、迎检考核、活动留痕，“松了一大口气”。

以公安部门为例，减负前民警要下片、出警、值班，还要上报材料、迎检考核，身心俱疲。“牧区点远线长，每次要准备应对考核的东西，就没办法完成入户计划。”呼伦贝尔市鄂温克族自治旗公安局民警森布说，基层派出所工作关键在于和群众的交流，减负之后，自己也有了更多的精力为辖区群众办实事儿。

数据显示，截至 2021 年年底，中央和国家机关、省区市文件数量比 2018 年总体减少 50% 以上，会议数量减少 65% 以上，“拉干条”、讲实话成为常态，长会短开、长话短说成为主流。

与此同时，中央和国家机关、省区市督查检查考核事项数量连年下降，总体降幅达到 90% 以上，多头随意、过多过频等问题得到明显改善，督查检查考核更加注重工作实绩，更加注重结果导向，更加注重干部群众评价，更加注重帮助基层解决实际困难。

——群众立场、群众观念日益强化，党的执政根基更加稳固。

“没想到不用出镇，在党群服务中心就办好了营业执照。”

在广东汕尾金厢镇埔边村，村民吴泽焕赶上了个体工商户营业执照审批权限下放到镇街的好政策，“足不出镇”就办好了小吃店的营业执照。

记者了解到，去年以来，汕尾完成镇街体制改革，以“赋权强镇”为重点，推动 448 项县级执法权限下放到镇街，让企业和百姓办事更省心、省力、省时、省钱。

这是广大党员、干部把作风建设要求转化成为民造福实际行动的一个缩影。十年来，各地区各部门深入基层、走进群众，倾听老百姓真实诉求，解决急难愁盼问题，让人民群众看到了实实在在的变化。

与此同时，深入治理民生领域的“微腐败”、妨碍惠民政策落实的“绊脚石”，专项整治漠视侵害群众利益问题，切实提升了人民群众的获得感、幸福感、安全感。

数据显示，党的十九大以来，全国纪检监察机关共查处民生领域腐败和作风问题 53.2 万个，给予党纪政务处分 48.9 万人。

——党风政风引领社风民风向善向上，全社会新风正气不断充盈。

在位于贵州黔东南苗族侗族自治州天柱县坌处镇的三门塘村，“三门塘合约食堂”远近闻名。

走进食堂，右手边厨房内各区域功能分明、窗明几净，左手边区域可供 200 人用餐，桌椅板凳摆放整齐。走上二楼，几个包间和一间可容纳百余人的会议室装修简约，又不失古色古香。

“有了‘合约食堂’，大家不攀比了。”今年 4 月，村民彭泽伟为母亲办丧事，向村委会申请后在“合约食堂”办了 15 桌酒席，“八人一桌、八菜一火锅，够吃不浪费。”

风气之变，正是“厉行节约、反对浪费”理念深入人心的最好见证。十年来，党风政风焕然一新，社风民风持续向好，勤俭节约、不尚浮华，社会主义核心价值观日益深入人心。

“小份菜更适合”“剩菜剩饭可以打包带走”，餐馆里的对话折射风气之变；粽子、月饼、大闸蟹等一度被“天价”异化的食品，又走回了“亲民”路线，重新成为老百姓欢度佳节的应景美味；不少人感叹“过去比谁的车好、排量大，现在都在微信上比谁步数多”……

作风之力量，是人的力量，是精神的力量。培养社会心态、塑造公共精神，八项规定带来的作风之变，正具体而深刻地影响着中国人的生活。

作风建设没有休止符，自我革命永远在路上。实践证明，中央八项规定不是五年、十年的规定，而是长期有效的铁规矩、硬杠杠。

惕厉自省，慎终如始。在以习近平同志为核心的党中央坚强领导下，全党上下团结一心，坚持以严的基调强化正风肃纪，我们党必将以优良作风凝聚起更加磅礴的力量，带领全体人民在实现中华民族伟大复兴中国梦的伟大征程上不断迈向新的胜利！（新华社记者孙少龙、范思翔、张研）

传承优良作风　奋进复兴征程

——2021年以习近平同志为核心的党中央推进作风建设纪实

“作风建设永远在路上，任何时候都不能松懈。要坚持自我革命，以钉钉子精神贯彻中央八项规定及其实施细则、整治‘四风’、落实为基层减负各项规定，完善长效机制。”

2021年岁末，北京中南海，中共中央政治局召开专题民主生活会。

一如既往，会议再次聚焦作风建设，审议了《关于2021年中央政治局贯彻执行中央八项规定情况的报告》和《关于2021年整治形式主义为基层减负工作情况的报告》。

习近平总书记主持会议并发表重要讲话，对中央政治局的同志要继续努力，为全党带好头、作示范提出要求，对推进作风建设不松劲、不停步、再出发作出指示。

2021年是党和国家历史上具有里程碑意义的一年。中国共产党迎来百年华诞，“十四五”开局，“两个一百年”奋斗目标历史交汇。

统筹中华民族伟大复兴战略全局和世界百年未有之大变局，以习近平同志为核心的党中央担当历史使命，掌握历史主动，持之以恒推进作风建设，坚持不懈推进中央八项规定精神贯彻落实，团结带领全党全军全国各族人民意气风发踏上实现第二个百年奋斗目标新的赶考之路。

以史为鉴，从百年党史传承优良传统

百年奋斗，书写恢宏史诗；壮阔征程，砥砺过硬作风。

“要深入开展党的优良传统和作风教育，完善作风建设长效机制，把好传统带进新征程，将好作风弘扬在新时代。”

2021 年 1 月，在十九届中央纪委五次全会上，习近平总书记为新阶段推进党的作风建设定下基调、指明方向。

走过百年非凡历程，中国共产党始终把光荣传统和优良作风贯穿领导革命、建设和改革的全过程，始终将其作为激励我们不畏艰难、勇往直前的宝贵精神财富。

立足历史崭新起点，在全党集中开展党史学习教育之际，习近平总书记多次走进历史深处，重温党的初心使命，引领全党全社会传承发扬党的光荣传统和优良作风。

——瞻仰红色革命旧址，重温党的优良传统和作风。

游人在陕西省榆林市米脂县杨家沟革命旧址参观（2021 年 9 月 10 日摄，无人机照片）。新华社记者 陶明 摄

2021 年 9 月 13 日，正在陕西榆林考察的习近平总书记来到杨家沟革命旧址。70 多年前，毛泽东同志在这里给共产党人定下了“不做寿”的规矩：“就是全国解放了，党内也不可搞祝寿活动。”

听闻讲解，习近平总书记对照党的七届二中全会上给共产党人定下的“不做寿”“不送礼”等六条规定，一条条盘点情况：“现在看来，‘不做寿’可以做到；‘少敬酒’，可以做到，咱们现在少饮酒了；‘不以人名作地名’，这点也能做到。”

抚今追昔，习近平总书记强调：“我们要继承发扬革命传统和优良作风，始终把人民利益放在最高位置，不忘初心、牢记使命。”

——带头学习党史，引导全党坚持光荣革命传统。

2021 年“七一”前夕，习近平总书记带领中央政治局同志参观北大红楼、丰泽园毛泽东同志故居，采取参观和讨论相结合的形式，带头开展党史学习教育。

“国家强盛、民族复兴需要物质文明的积累，更需要精神文明的升华”，习近平总书记深刻指出，决不能丢掉革命加拼命的精神，决不能丢掉谦虚谨慎、戒骄戒躁、艰苦奋斗、勤俭节约的传统，决不能丢掉不畏强敌、不惧风险、敢于斗争、敢于胜利的勇气。

通过亲身示范和现场教学，习近平总书记教育引导广大党员始终坚持光荣革命传统，以昂扬的精神状态做好党和国家各项工作。

——参观主题展览，强调作风建设永远在路上。

2021 年 6 月 18 日，习近平总书记等党和国家领导同志来到中国共产党历史展览馆，参观“‘不忘初心、牢记使命’中国共产党历史展览”，感悟党的百年奋斗之路。

在中央八项规定展板前，习近平总书记停下脚步：“现在这里面的 8 条，精简会议活动、改进警卫工作、改进新闻报道、厉行勤俭节约，做得都不错，还是要反复讲、反复抓……”

“八项规定要一以贯之。”总书记坚定地说。

观众在中国共产党历史展览馆参观（2021 年 10 月 1 日摄）。
新华社记者 李贺 摄

2021 年 11 月，党的十九届六中全会胜利召开。全会重点研究了全面总结党的百年奋斗的重大成就和历史经验问题，审议通过了党的第三个历史决议——《中共中央关于党的百年奋斗重大成就和历史经验的决议》。

“中央八项规定”写入决议，作为新时代全面从严治党的成就和经验，镜鉴现实，指引未来。

从历史中收获启迪，从历史中把握未来。

当前，向第二个百年奋斗目标进军的号角已经吹响，我们正面对着百年变局和世纪疫情交织的严峻形势，面对着开启新征程的繁重任务，迫切需要严实的作风锤炼党性、砥砺奋斗。

“风险越大、挑战越多、任务越重，越要加强党的作风建设，以好的作风振奋精神、激发斗志、树立形象、赢得民心。”习近平总书记话语坚定。

2021 年 3 月 1 日，一堂主题聚焦在发扬党的光荣传统和优良作风上的“党课”在党的最高学府开班。

面向在场的广大中青年干部，习近平总书记语重心长：“不论过去、现在还是将来，党的光荣传统和优良作风都是激励我们不畏艰难、勇往直前的宝贵精神财富。年轻干部是党和国家事业接班人，必须立志做党的光荣传统和优良作风的忠实传人。”

踏上新的征程，发扬党的光荣传统和优良作风，恪守为民之责、激发奋斗之姿，广大党员、干部必将在“开新局”“书新篇”的历史节点上建功立业。

以上率下，彰显共产党人鲜明政治本色

北京冬奥会即将开幕。

2021 年、2022 年连续两个新年首次国内考察，习近平总书记都冒着严寒赴实地了解冬奥会、冬残奥会筹办备赛情况，彰显对冬奥会筹备工作的高度重视。

习近平总书记始终要求把廉洁办奥理念贯穿筹办工作全过程。

对此，他特别强调：“严格执行各项规章制度，严格预算管理，控制办奥成本，勤俭节约、杜绝腐败，让北京冬奥会、冬残奥会像冰雪一样纯洁干净。”

勤俭廉洁，在任何时候都至关重要。习近平总书记以强烈的使命担当一以贯之推进作风建设。

一年来，习近平总书记在中央全会、中央纪委全会等会议上和中央政治局集体学习时发表重要讲话，对作风建设提出明确要求；主持召开的中央政治局常委会会议、中央政治局会议，分别有 20 个、9 个议题涉及作风建设；针对党风廉政建设、为群众办实事、反对形式主义、制止餐饮浪费、违建别墅整治等作出 60 多次重要批示，为持之以恒加强作风建设指明了方向。

行动是无声的命令，身教是执行的榜样。

习近平总书记带头发扬党的优良作风，带头贯彻执行中央八项规

定，推动作风建设永不止步。

这是夙夜在公的勤勉奋进——

2021 年 5 月，河南南阳；同年 9 月，陕西榆林。习近平总书记两次在考察途中临时下车，深入田间察看农作物长势；

在山东东营胜利油田，为实地了解新技术在实践中的应用情况，总书记沿着铁梯登上 10 多米高的钻井平台，察看设备运行情况；

来到黄河三角洲农业高新技术产业示范区，总书记走进田里，弯下腰来摘了一个豆荚，剥出一粒大豆，放在口中细细咀嚼："豆子长得很好"；

……

一年来，习近平总书记不顾劳顿、跋履山川，考察足迹遍及大江南北、内陆边疆，问民生、察实情、作部署。

这是人民至上的深厚情怀——

在贵州黔西县化屋村点赞苗绣一针一线"何其精彩"；在福建沙县俞邦村细致了解沙县小吃现状和前景；在广西全州毛竹山村叮嘱农业技术人员把贡献写在大地上……

看得细，问得也很细。习近平总书记每到一个地方都要同困难群众、企业职工、基层干部等一起算收入、聊变化、谋发展。

这是大国领袖的崇高风范——

主持中国－东盟建立对话关系 30 周年纪念峰会、出席中非合作论坛第八届部长级会议开幕式、出席中国共产党与世界政党领导人峰会……

这一年，习近平总书记密集开展"云外交"，以多种形式出席 120 余场重要外交活动，以连轴转的"无我"工作状态，积极推动构建人类命运共同体，彰显大国领袖的使命担当。

李克强、栗战书、汪洋、王沪宁、赵乐际、韩正同志和中央政治局其他同志从自己做起，从主管地方、分管领域和部门抓起，高标准、严要求贯彻执行中央八项规定及其实施细则——

党员在上海中共一大纪念馆重温入党誓词（2021 年 6 月 3 日摄）。
新华社记者 刘颖 摄

在改进调查研究方面，在京中央政治局委员赴地方考察调研共228 次 600 天，人均 13 次 35 天。调研中坚持轻车简从、务实节俭。

在精简会议活动方面，对全国性会议严格把关。大量会议活动以电视电话形式召开，使更多基层干部有机会“听原声、见真人”，党中央决策部署原汁原味直达基层、直抵一线。

在精简文件简报方面，出台《中央文件制定工作规定》，确立文件制定立项制度，严把发文关口，严控发文总量和规格。除党中央统一安排外，中央政治局同志个人没有公开出版著作、讲话单行本，以及发贺信、贺电、题词、题字、作序等情况。

在规范出访活动方面，按照严防疫情境外输入、确保人员安全的要求，党和国家领导人外交活动以视频、电话“云外交”方式为主。出访活动严控团组规模、节约经费开支，切实做到“勤俭办外交”。

在改进新闻报道方面，继续在篇幅字数、版面安排、时段时长等方面严格把关，重点更突出、篇幅更精简、文风更清新。

在改进警卫工作方面，减少管制不封路、缩小警戒范围不清场不闭馆，最大限度减少扰民，确保安全效果、政治效果、社会效果有机统一。

在厉行勤俭节约方面，中央政治局同志修身修己、廉洁齐家，严格执行办公用房、住房、用车等工作生活待遇规定。

从宏大处着眼，于细微处落笔。中央政治局同志牢牢把握“国之大者”，将作风建设融入党和国家工作大局，以良好作风推动党中央决策部署贯彻落实，为各项工作开好局、起好步提供坚强作风保障。

久久为功，凝聚一往无前奋进力量

2021 年 12 月 27 日，中央纪委国家监委对 10 起违反中央八项规定精神典型问题进行公开通报。在元旦、春节到来之际，释放出将作风建设进行到底的鲜明信号。

关键节点、紧盯不放，久久为功、善作善成。

“要坚持全面从严、一严到底，对群众反映强烈的公款吃喝、餐饮浪费等歪风陋习露头就打、反复敲打。”在 2021 年 1 月召开的十九届中央纪委五次全会上，习近平总书记再次强调。

一年来，各地区各部门坚持以习近平新时代中国特色社会主义思想为指导，深入开展党史学习教育，大力弘扬伟大建党精神，忠实践行初心使命，不断巩固拓展落实中央八项规定精神成果，推动作风建设取得更加扎实的成效，推动党风政风、社风民风持续向善向好。

——从百年党史中汲取作风建设的智慧和力量。

各地区各部门把党史学习教育作为贯穿全年的重大政治任务，坚持学史明理、学史增信、学史崇德、学史力行，大力开展党的光荣传统和优良作风教育，引导广大党员干部强化宗旨意识和为民情怀。

始终把做到“两个维护”作为首要任务，持续深化政治机关建设，提高党员干部政治判断力、政治领悟力、政治执行力，以党的政治建设统领作风建设向纵深推进。

2021 年 6 月 1 日，《中共中央关于加强对“一把手”和领导班子监督的意见》公开发布。作为我们党针对“一把手”和领导班子监督制定的首个专门文件，意见突出对“关键少数”的监督，要求各级领导干部特别是高级干部“严格落实中央八项规定及其实施细则精神，廉洁治家，自觉反对特权思想、特权现象，始终保持共产党人清正廉洁的政治本色”，以制度规范加强对“一把手”的监督。

——以“严”的主基调持续纠“四风”、树新风。

“全国共查处违反中央八项规定精神问题 11024 起，批评教育帮助和处理 16483 人。”2021 年 12 月 28 日，中央纪委国家监委公布 2021 年 11 月全国查处违反中央八项规定精神问题情况月报数据。这已经是中央纪委国家监委连续公布月报数据的第 99 个月。

持之以恒、一抓到底，扭住问题不松手。

从把坚决制止餐饮浪费作为作风建设重要内容，到规范领导干部配偶、子女及其配偶经商办企业行为，再到把家教家风建设和党风廉政建设结合起来……

一年来，各地区各部门深化整治形式主义、官僚主义，坚决查处不担当不作为、推诿扯皮敷衍塞责、摆官威耍特权等问题，督促领导干部带头践行新风正气。

2021 年 1 月至 11 月，全国共查处形式主义、官僚主义问题 4.4 万起；查处享乐主义、奢靡之风问题 4.7 万起。

——以解决群众身边问题转作风改作风。

运用智能化手段解决老人“照护难”问题、创新监管模式守护群众“舌尖上”和“脚底下”的安全、推动残疾儿童康复救助“应救尽救”……

一年来，各地区各部门扎实开展“我为群众办实事”实践活动，着力整治群众身边腐败、作风问题。

聚焦涉黑涉恶、违规乱收费、侵占克扣民生资金等群众“最怨最恨”问题，各地区各部门把民心所向作为努力方向，围绕群众反映强烈、侵害群众利益的民生痛点问题开展集中整治。2021年1月至11月，全国共查处群众身边腐败和作风问题13.7万起。

——以过硬作风保障重点工作顺利推进。

在换届选举中狠刹收送礼品礼金等歪风邪气，在疫情防控和抗灾抢险中接受能力检验，在全面推进乡村振兴过程中锻造扎实作风……

各地区各部门将作风攻坚与重点工作攻坚结合起来，砥砺狠抓落实、实干苦干的意志作风，在大战大考中检验、锤炼作风。

赶考永远在路上，从严治党也永远在路上。

在以习近平同志为核心的党中央坚强领导下，全党坚定历史自信，不忘初心使命，驰而不息将作风建设引向深入，定能以优良作风凝聚起14亿多人民团结一心的磅礴力量，向全面建设社会主义现代化国家、实现第二个百年奋斗目标昂扬奋进。（新华社记者黄玥、丁小溪、刘硕）

正风肃纪　激浊扬清

——新时代纪检监察工作高质量发展之“作风篇”

纠治“四风”不止步，作风建设不停歇。

2021年，中央纪委国家监委和各级纪检监察机关聚焦突出问题、紧盯关键节点，从群众反映强烈的突出问题抓起，从领导干部抓起，系统施治、标本兼治，持之以恒纠“四风”树新风，让清正廉洁的风气不断充盈。

力度不减、尺度不松，重拳出击纠治“四风”

“贵州省政协原党组书记、主席王富玉违规收受礼品、礼金，长期违规打高尔夫球，生活奢靡，贪图享乐等问题”“甘肃省委原常委，省政府原党组副书记、副省长宋亮违规收受礼金，接受可能影响公正执行公务的宴请和旅游安排问题”……

2021年12月27日，在元旦佳节即将到来之际，中央纪委国家监委对10起违反中央八项规定精神典型问题进行公开通报，再次释放紧盯关键时间节点、严抓作风问题的鲜明信号。

作风建设，常抓不懈。

一年来，中央纪委国家监委和各级纪检监察机关坚持严字当头，对“四风”问题露头就打。

中央纪委国家监委注重发现和纠治“套会”代“减会”“红头”变“白头”“纸质”化“指尖”、督检考不够统筹规范等问题，通报曝光陕西省人社厅推广“秦云就业”小程序过程中层层摊派加重基层负担等典型案例。

浙江省纪委监委着力防治“穿新鞋走老路”违规上马“两高”项目、不顾实际搞政绩工程形象工程。针对虚拟货币挖矿高耗能高排放问题，开展利用公共资源参与挖矿、交易行为整治工作，查处 48 人，每月节约电量近 18 万度。

广东省纪委监委聚焦常态化疫情防控，坚决纠治麻痹松懈、责任空转、措施流于形式等现象，成立专项监督检查组，深入市县抽查检查口岸、渔港、隔离酒店等重要点位，发现问题 277 个，督促举一反三、立行立改。

……

据统计，2021 年 1 月至 11 月，各级纪检监察机关共查处“四风”问题 9.1 万起，批评教育帮助和处理 13.1 万人；2021 年，中央纪委国家监委共通报曝光 4 批 34 起典型问题，释放出作风建设一刻不停歇、继续向纵深推动的强烈信号。

惩前毖后、治病救人，不断提升作风建设治理效能

“看到曾经的同事站在被告席上，也给我敲响了一记警钟。”在旁听了一起违法案件庭审后，四川省青神县青竹街道一位村干部说。

组织案发领域党员干部零距离旁听庭审，是青神县用好典型案例“活教材”，分类开展警示教育，推进以案促改制度化常态化建设的一个缩影。

记者了解到，2020 年至 2021 年底，青神县共开展警示教育 237 场次，廉政谈心谈话 3383 人次，排查廉政风险点 451 个，修订完善制度 503 项，共有 18 人主动说清问题。

立足当前，着眼长远。一年来，中央纪委国家监委和各级纪检监察机关持续做好监督执纪“后半篇文章”，不断提升作风建设治理效能。

中央纪委国家监委建立案例指导机制，印发一批纠治“四风”指导性案例，以案明规释纪；完善月月公布查处结果机制，推广地方部门经验做法；创新重要节点通报曝光机制，强化警示震慑。

吉林省纪委监委推动省委组织部会同相关部门专门出台规定，深挖“四风”问题背后的制度短板、监管漏洞，推动完善机制、优化治理。

福建省纪委监委坚持纠树并举，推广“四下基层”“马上就办”等优良作风，培育具有行业特性、区位特征、时代特点的新风“名片”。

……

各级纪检监察机关自觉提高政治站位，聚焦党中央关心、人民群众关切的重点领域，对贯彻落实党中央重大决策部署表态多调门高、行动少落实差等形式主义、官僚主义问题和享乐主义、奢靡之风问题强化问责，不断压实作风建设主体责任，有力促进了各级领导干部知责负责、守责尽责。

涤荡痼疾，扫除积弊。

一年来，中央纪委国家监委和各级纪检监察机关在抓常、抓细、抓长上下功夫，坚持以制度管人、以文化人，不断巩固拓展作风建设成果，让清正之风劲吹华夏大地。

尽心为民、敢于亮剑，整治群众身边腐败和作风问题

“我以为一二百块的事儿你们不会管，没想到这么快就把钱给要回来了。”日前，河北省宽城满族自治县纪委监委在接到铧尖乡沟口子村村民反映的该村村支委占用村民养老保险款、农村合作医疗款的问题后，及时调查处理，追缴违纪资金。

群众期盼处就是正风肃纪反腐发力点。

一年来，中央纪委国家监委和各级纪检监察机关把整治群众身边腐败和作风问题作为重中之重，坚持有什么问题就解决什么问题，什么问题突出就整治什么问题，不断提升群众获得感、幸福感、安全感。

——聚焦促进巩固拓展脱贫攻坚成果同乡村振兴有效衔接精准发力，深入原深度贫困地区调研督导，加强对惠民富民、促进共同富裕政策措施落实情况的监督检查，坚决纠治松劲懈怠、措施不实以及公共基础设施“中看不中用”“管建不管修”等现象。

2021 年 1 月至 11 月，全国共查处巩固拓展脱贫攻坚成果同乡村振兴有效衔接方面腐败和作风问题 1.6 万余个，给予党纪政务处分 1.4 万余人。

——围绕老百姓“急难愁盼”问题用心用情，持续纠治教育医疗、养老社保、生态环保等领域腐败和作风问题，大力整治利用停车位等公共资源谋取私利、行政服务窗口勾结“黑中介”侵害群众利益等不正之风。

2021 年 1 月至 11 月，全国查处民生领域腐败和作风问题 11 万余个，批评教育帮助和处理 16 万余人，其中给予党纪政务处分 10 万余人。

——结合常态化扫黑除恶“打伞破网”，配合做好政法队伍教育整顿工作，严肃查处湖北省孝感市委原书记潘启胜等涉黑涉恶腐败案件。

2021 年 1 月至 11 月，全国查处涉黑涉恶腐败和“保护伞”问题 8000 余个，其中给予党纪政务处分 8100 余人，移送司法机关 800 余人。

一个个案件、一项项整治、一次次监督，持续净化基层政治生态，让群众获得感成色更足、幸福感更可持续、安全感更有保障。

作风建设永远在路上，容不得喘口气歇歇脚。唯有笃定“越是艰险越向前”的决心，保持“咬定青山不放松”的定力，才能打赢作风建设攻坚战、持久战、攻心战，以清风正气护航干事创业。（新华社记者高蕾）

正风反腐，必须“零容忍”！

暗藏玄机的“小海鲜”，明目张胆的“私家园林”，自作聪明的“期权式腐败”……近期播出的电视专题片《零容忍》引发广泛关注。一个个令人警醒的案例、一记记精准有力的铁拳，释放出强烈信号：正风反腐，必须“零容忍”！

有腐必反、有贪必肃，始终保持零容忍态度，是我们党一以贯之的鲜明态度。党的十八大以来，以习近平同志为核心的党中央以前所未有的勇气和定力推进党风廉政建设和反腐败斗争，推动全面从严治党取得了历史性、开创性成就。截至 2021 年 10 月，全国纪检监察机关共立案 407.8 万件、437.9 万人，其中立案审查调查中管干部 484 人，共给予党纪政务处分 399.8 万人。经过不懈努力，一些多年未刹住的歪风邪气刹住了，许多长期没有解决的顽瘴痼疾解决了，管党治党宽松软状况得到根本扭转，探索出依靠党的自我革命跳出历史周期率的成功路径。

“坚持以零容忍态度惩治腐败。”日前，在十九届中央纪委六次全会上，习近平总书记强调，坚持不懈把全面从严治党向纵深推进。成绩面前，也必须清醒认识到，腐败和反腐败较量还在激烈进行，防范形形色色的利益集团成伙作势、“围猎”腐蚀还任重道远，有效应对腐败手段隐形变异、翻新升级还任重道远，彻底铲除腐败滋生土壤、实现海晏河清还任重道远，清理系统性腐败、化解风险隐患还任重道远。习近平总书记提出的四个“任重道远”，充分说明反腐败斗争是一场攻坚战、持久战，只要存在腐败问题产生的土壤和条件，腐败现象就不会根除。我们决不能滋生已经严到位、严到底的情绪，必须保持反腐败政治定力，坚持严的主基调不动摇，永远吹正风反腐的冲锋号。

“零容忍”，就要不断完善权力监督制度和执纪执法体系。“成了公平正义的破坏者”的公安部原党委委员、副部长孙力军受到查处，“嫌收现金太低端”的中信银行股份有限公司原党委副书记、行长孙德顺原形毕露，内蒙古一些“老子前台批煤，儿女后头捞钱”的领导干部纷纷落马，再次验证“伸手必被捉”的反腐铁律。铲除腐败的土壤，必须完善党和国家监督制度，构建全方位、无死角的监督体系，形成全面覆盖、常态长效的监督合力，突出加强对“关键少数”特别是“一把手”和领导班子的监督，让权力始终在阳光下运行，让腐败分子无所遁形。

“零容忍”的正风反腐态势，也在提醒各级干部要时刻自重自省，严守纪法规矩，扣好廉洁从政的“第一粒扣子”。大量案例说明，失去理想信念、思想堤坝崩塌是滑向腐败的开始。打铁必须自身硬。以党章党规党纪、初心使命为镜子，坚定理想信念，锤炼党性修养，领导干部才能守住拒腐防变的防线，做到堂堂正正做人、老老实实干事、清清白白为官。（作者季小波、田晨旭）

五组数据解析正风反腐这十年

2022 年 6 月 30 日，中共中央宣传部举行“中国这十年”系列主题新闻发布会，介绍坚持党的全面领导和全面从严治党有关情况。

470.9 万人被立案审查调查、7.4 万人主动投案……发布会披露的一系列重要数据，折射出党的十八大以来正风肃纪反腐的显著特点和关键信息。“新华视点”记者采访专家学者对此进行了分析与解读。

2022 年 6 月 30 日，中共中央宣传部举行“中国这十年”系列主题新闻发布会，介绍坚持党的全面领导和全面从严治党有关情况。
新华社记者 陈晔华 摄

470多万人被立案审查调查　坚持严的主基调不动摇

中央纪委国家监委宣传部部长王建新在发布会上介绍，党的十八大以来，截至今年4月底，全国纪检监察机关共立案审查调查438.8万件、470.9万人。反腐败斗争取得压倒性胜利并全面巩固。

结合中央纪委国家监委近期发布的今年一季度全国纪检监察机关监督检查审查调查情况来看，今年一季度全国纪检监察机关立案14.3万件，立案数比2020年、2021年第一季度均有增长，严的主基调始终不动摇。

与此同时，今年以来中央纪委国家监委已发布13名中管干部受到党纪政务处分的消息，此外还有23名中管干部接受审查调查、1名中管干部配合审查调查，其中不乏政法系统、金融领域的“大老虎”。

“不敢腐、不能腐、不想腐一体推进，‘不敢’是前提。”北京科技大学廉政研究中心主任宋伟认为，数据充分表明，党中央坚定不移反对腐败的政治决心从未改变，惩治腐败始终没有松、没有软。特别是近年来对“关键少数”以及重点领域关键环节的反腐败力度持续加大，进一步放大了“不敢腐”强有力的震慑效应。

力度不减　　新华社发 徐骏 作

查处“四风”问题超70万起 抓作风一刻不松

发布会披露的数据显示，党的十八大以来，截至今年4月底，全国纪检监察机关共查处违反中央八项规定精神问题72.3万起，给予党纪政务处分64.4万人。作风建设常抓不懈，取得显著成效。

与此同时，从2013年8月建立违反中央八项规定精神问题查处情况月报制度起，到今年6月，中央纪委国家监委已连续105个月公布月报数据。每逢重要时间节点、节假日，都会对典型案例进行通报曝光，释放出一严到底、常抓不懈的鲜明信号。

北京大学公共政策研究中心副主任庄德水表示，发布会披露的数据充分反映出党中央持之以恒贯彻落实中央八项规定精神、整治“四风”问题的坚定决心，通过对作风建设的不断强化，党在人民群众心中的形象得以重塑，党风政风为之一新、社风民风为之一振。

北京师范大学法学院教授张磊认为，随着作风建设深入推进，“四风”问题呈现出主体隐蔽、手段隐蔽、场所隐蔽等新特点，一些形式主义、官僚主义问题情况也日趋复杂，要精准施治、靶向治疗，及时防治苗头性、倾向性问题。

7.4万人主动投案 反腐败“拐点”效应日益凸显

王建新表示，始终坚持严的主基调不动摇，坚决遏制增量、削减存量，腐败蔓延势头得到有力遏制，反腐败斗争取得压倒性胜利并全面巩固，进入到发现一起、查处一起的常态化阶段。

记者了解到，党的十九大以来，全国共有7.4万人主动向纪检监察机关投案。

“只有早投案、早交代，才能早一点把心里的石头放下。”今年年初热播的电视专题片《零容忍》中，北京师范大学党委原书记刘川生讲述了自己主动投案的思想动机。党的十八大以来，从监察法颁布实施后首个主动投案的省部级干部艾文礼，到中央纪委国家监委发布的第一个主动投案的原省部级“一把手”秦光荣……“主动投案”已不再是新鲜词汇。

主动投案　　　　　　　　新华社发 徐骏 作

“这说明党中央反腐败政策正在发挥效力，令腐败分子逐步认清形势、摒弃侥幸心理。”张磊表示，随着不敢腐、不能腐、不想腐一体推进不断深化，违纪违法党员干部逐渐意识到，向组织如实交代问题、真诚认错悔错，才是唯一正确的出路。

宋伟认为，腐败分子纷纷主动投案，是长期高压反腐、政策感召的必然结果，是反腐败斗争从量的积累走向质的变化的有力印证，充分反映出党的十八大以来全面从严治党的压力传导，同时也体现出纪检监察机关精准监督执纪执法，推动治理腐败效能不断提高。

运用第一、第二种形态处理人数占比在 90% 以上　把战线从反腐败扩展到防腐败

王建新介绍，党的十八大以来，截至今年 4 月底，全国纪检监察机关运用“四种形态”批评教育帮助和处理 1134.4 万人次。其中，运用第一种形态批评教育帮助 695.1 万人次，占 61.3%；运用第二种形态处理 334.1 万人次，占 29.4%；运用第三种形态处理 56.5 万人次，占 5%；运用第四种形态处理 48.7 万人次，占 4.3%。

可以看到，在庞大的基数下，运用第一、二种形态处理人数占比仍然保持在 90% 以上，这从一个侧面体现出纪检监察机关积极转变工作方式，坚持抓早抓小、防微杜渐，强化日常监督取得的成效。

“‘四种形态’着眼标本兼治，贯通规、纪、法，连接不敢腐、不能腐、不想腐，体现的是惩前毖后、治病救人的策略与思路。”在宋伟看来，数据充分表明，纪检监察机关把监督作为基本职责，把战线从反腐败扩展到防腐败，很大程度上杜绝了“小问题”演变成“大隐患”。

庄德水表示，“四种形态”的比例分布与其各自的价值定位是相一致的，既说明党中央的反腐败策略得到了有效执行，也说明反腐败达到了预期目标，使监督执纪执法由“惩治极少数”向“管住大多数”拓展。

“腐”路难行　　新华社发 商海春 作

查处民生领域腐败和作风问题49.6万个 让群众感受到正风肃纪反腐就在身边

记者从发布会上了解到，党的十九大以来，截至今年4月底，全国共查处民生领域腐败和作风问题49.6万个，给予党纪政务处分45.6万人。教育医疗、养老社保等领域的腐败和作风问题得到持续纠治，民生领域损害群众利益问题的治理机制不断完善。

与此同时，扶贫和乡村振兴领域的突出问题得到坚决整治，涉黑涉恶腐败和“保护伞”被深挖彻查。2022年以来，已查处乡村振兴领域腐败和作风问题1.1万个，处分1.1万人；扫黑除恶专项斗争开展以来，截至今年4月底，全国共查处涉黑涉恶腐败和“保护伞”问题10.1万个，给予党纪政务处分9.2万人，移送检察机关1.2万人。

庄德水认为，从横向上看，当前反腐败从人民群众反映强烈、利益最相关的重点领域切入，集中优势力量解决突出问题，以点带面推进了反腐败斗争；从纵向上看，深入整治群众身边腐败，以小见大、层层深入，有力推动了全面从严治党向基层延伸，切实增强了人民群众的获得感、幸福感、安全感。（新华社记者孙少龙、王子铭、高蕾）

第三章

监督执纪

扫一扫，观看
《使命在肩》

形成全面覆盖、常态长效的监督合力

——全面从严治党启新程之“监督执纪篇”

监督是治理的内在要素，在管党治党、治国理政中居于重要地位。

党的二十大报告指出，健全党统一领导、全面覆盖、权威高效的监督体系，完善权力监督制约机制，以党内监督为主导，促进各类监督贯通协调，让权力在阳光下运行。

在以习近平同志为核心的党中央坚强领导下，中央纪委国家监委和各级纪检监察机关持续深化纪检监察体制改革，推动完善党和国家监督体系，以党内监督为主导、促进各类监督贯通协调，形成全面覆盖、常态长效的监督合力，为全面建设社会主义现代化国家开好局起好步提供坚强保障。

聚焦“国之大者”强化政治监督

“有的地方盲目上马高耗能、高耗水项目；有的没有树立‘共同抓好大保护、协同推进大治理’理念，只考虑辖区的用水问题……”

近期，中央纪委国家监委驻生态环境部纪检监察组前往沿黄省份围绕黄河流域生态保护、水资源利用、水环境治理等方面情况开展实地督查，督促驻在部门履职尽责，压实生态环保政治责任，守护黄河安澜。

党中央重大决策部署到哪里，政治监督就跟进到哪里。

从严肃调查追责问责防疫责任和措施落实不力问题，到密切关注群众反映和舆情信息，建立涉疫举报“绿色通道”，即收即办、快查快办、及时反馈；

从加强北京冬奥会、冬残奥会筹办工作监督，为“像冰雪一样纯洁干净”的盛会提供坚强纪律保障，到聚焦生态环境保护重点工作，以风清气正的政治生态呵护山清水秀的自然生态；

从围绕构建新发展格局履行监督职责，增强服务党和国家工作大局的自觉和实效，到围绕巩固拓展脱贫攻坚成果同乡村振兴有效衔接，开展过渡期专项监督……

中央纪委国家监委和各级纪检监察机关持续推进政治监督具体化、精准化、常态化，确保党中央战略部署不偏向、不变通、不走样。

“监督发现，102 项重大工程项目中仍有部分未分解到位，需要加快落实进度。”

2022 年 6 月底，在第二季度监督调度会上，中央纪委国家监委驻国家发改委纪检监察组围绕驻在部门重点任务监督台账中的任务进展、存在问题展开讨论。

打开这份台账，纵横两个坐标维度，监督任务、责任司局、完成时限等要素清晰，监督重点一目了然。

建立健全政治监督清单、加强政治生态研判、组织开展专项政治监督、探索派驻派出机构和被监督单位党组（党委）专题会商……一系列创新举措推动政治监督融入日常、做在经常，并朝着具体化、精准化、常态化的方向发展。

“推进政治监督具体化、精准化、常态化，是党的二十大报告的明确要求。”中央纪委国家监委办公厅有关负责人表示，各级纪检监察机关将谋实思路、扎实工作，防止笼而统之、大而化之，着力纠正政治偏差，保障党中央大政方针落地见效。

充分发挥政治巡视利剑作用

巡视是政治巡视，本质是政治监督。

2022 年 7 月，十九届中央第九轮巡视反馈工作全部完成。十九届中央巡视高质量完成全覆盖任务。

截至目前，中央、省、市、县四级全部建立巡视巡察制度，179 家中央单位开展内部巡视，构建了与党的领导体制、国家治理体系相适应的巡视巡察战略格局。

“将进一步完善巡视工作领导体制，加强对省区市巡视工作的指导督导，深化对中央单位内部巡视工作分类指导，健全上下联动的有效机制。”中央巡视办有关负责人介绍，同时，还要深化巡视巡察上下联动，着力推动市县巡察向基层延伸，加强对村（社区）党组织巡察。

围绕党的二十大报告提出“发挥政治巡视利剑作用，加强巡视整改和成果运用”的要求，一系列工作紧锣密鼓地开展——

坚持政治巡视定位和中央巡视工作方针，认真研究谋划二十届中央巡视工作；

及时推进《中央巡视工作规划（2023—2027 年）》研究制定工作，把“两个维护”作为根本任务，把贯彻落实党的二十大精神情况作为重中之重，把严的要求贯彻到政治巡视全过程各环节；

着眼高质量完成一届任期内巡视全覆盖，研究二十届中央第一轮、第二轮巡视任务安排；

持续加强巡视整改和成果运用，健全整改工作机制，推动党委（党组）落实整改主体责任，把巡视整改与贯彻落实党的二十大精神、推进改革发展结合起来，增强以巡促改、以巡促建、以巡促治实效。

同时，中央巡视办有关负责人还表示，将认真总结新时代以来巡视工作理论和实践创新成果，适应新的形势任务需要，修订《中国共产党巡视工作条例》，完善相关工作规则和配套制度，确保巡视工作每一个环节都有章可循、有规可依。

巩固拓展纪检监察体制改革成果　加强纪检监察工作规范化法治化正规化建设

规范组织设置、完善领导体制、明确工作职责……2022年6月，《纪检监察机关派驻机构工作规则》全文公布并自发布之日起施行，深化派驻机构改革迈出新步伐。

改革，是新时代纪检监察工作高质量发展的根本动力。

从加强纪律监督、监察监督、派驻监督、巡视监督统筹衔接，到在党内监督主导下，做实专责监督、贯通各类监督，推动完善党和国家监督体系；

从推进纪检监察双重领导体制具体化、程序化、制度化，加强上级纪委监委对下级纪委监委的领导，到持续深化派驻机构改革，强化派出机关对派驻机构直接领导、统一管理；

从健全"组组"协同监督、"室组"联动监督、"室组地"联合办案机制，到完善系统集成、协同高效的工作机制，构建纪检监察法规制度体系……

党的纪律检查体制改革、国家监察体制改革、纪检监察机构改革一体推进，中国特色社会主义监督制度优势不断转化为治理效能。

党的二十大报告作出"完善党的自我革命制度规范体系"重大部署，对"健全党统一领导、全面覆盖、权威高效的监督体系"提出具体要求。

中央纪委国家监委法规室有关负责人介绍，下一步将研究开展《中国共产党纪律处分条例》修订工作，增强监督刚性。同时，适时研究制定纪检监察机关监督检查工作办法、纪检监察建议工作办法等，推动完善党和国家监督制度。

监督者首先要接受监督。"对纪检监察干部立案近1200件，处分1100余人，移送司法机关54人……"

2022 年 9 月，中央纪委国家监委通报 2022 年上半年对纪检监察干部监督检查审查调查情况，为纪检监察干部敲响警钟。

“纪检监察权是‘治权之权’，纪检监察干部是‘治吏之吏’，打铁必须自身硬。”中央纪委国家监委纪检监察干部监督室有关负责人表示，要准确把握纪检监察队伍政治生态阶段性特点，持续推进实践创新和制度创新，以严的基调正风肃纪、以零容忍态度反腐惩恶，严防“灯下黑”，为建设一支纪检监察铁军提供有力保证。（新华社记者范思翔）

永远吹冲锋号

——二十届中央纪委二次全会与会同志谈学习贯彻习近平总书记重要讲话精神

习近平总书记9日在二十届中央纪委二次全会上发表重要讲话，深刻分析大党独有难题的形成原因、主要表现和破解之道，深刻阐述健全全面从严治党体系的目标任务、实践要求，对坚定不移深入推进全面从严治党作出战略部署。

与会同志一致表示，要深入学习贯彻习近平总书记重要讲话精神，发扬彻底的自我革命精神，永远吹冲锋号，把严的基调、严的措施、严的氛围长期坚持下去，把党的伟大自我革命进行到底。

时刻保持解决大党独有难题的清醒和坚定

治国必先治党，党兴才能国强。

习近平总书记指出，全面从严治党永远在路上，要时刻保持解决大党独有难题的清醒和坚定。

"时刻保持解决大党独有难题的清醒和坚定，充分体现出以习近平同志为核心的党中央坚定不移推进全面从严治党的历史自觉和历史担当，体现了持之以恒正风肃纪反腐的坚定决心、恒久毅力。"中央纪委委员，北京市纪委书记、监委主任陈健认为，前进路上，我们党面临的"四大考验""四种危险"将长期存在，必须时刻保持一份清醒与坚定，才能避免陷入"革别人命容易，革自己命难"的境地。

中央纪委委员，海南省纪委书记、监委主任陈国猛表示，习近平总书记以六个“如何始终”对“大党独有难题”进行了深入分析阐释，其中第一点就是“如何始终不忘初心、牢记使命”，这就提醒我们必须在为谁执政、为谁用权、为谁谋利这个根本问题上头脑特别清醒、立场特别坚定。

“作为党内监督和国家监察专责机关，发现并解决这些难题，我们责无旁贷。必须充分发挥监督保障执行、促进完善发展作用，为有效破解‘大的难题’，发挥‘大的优势’作出应有贡献。”陈国猛说。

健全全面从严治党体系

“构建全面从严治党体系是一项具有全局性、开创性的工作。”在讲话中，习近平总书记强调，全面从严治党体系应是一个内涵丰富、功能完备、科学规范、运行高效的动态系统。

中央纪委委员，上海市纪委书记、监委代主任李仰哲表示，总书记的重要讲话深刻阐明了新征程上全面从严治党抓什么、怎么抓的“主攻方向”，从内容上全涵盖、对象上全覆盖、责任上全链条、制度上全贯通等方面明确了健全全面从严治党体系的战略思路、战略要求，结构清晰、内容完备，为推进新时代纪检监察工作高质量发展提供了根本指引。

纲举则目张，执本而末从。

“健全全面从严治党体系是摆在我们面前的一个重大课题，是一项纲举目张的任务。”中央纪委委员，陕西省纪委书记、监委主任王兴宁表示，纪检监察机关必须履行协助职责，推动健全各负其责、统一协调的管党治党责任格局，把全的要求、严的基调、治的理念落实到全面从严治党体系的构建中，使全面从严治党各项工作更好体现时代性、把握规律性、富于创造性。

一分部署，九分落实。

“进一步健全全面从严治党体系，必须以落实责任为关键，以问题为导向，坚决履行好党章和宪法赋予的职责，推动层层扛起、扛住使命担当，有力有序推进各项任务。”陈健表示，要聚焦贯彻落实党的二十大精神的理念思路、方法举措、纪律作风等情况，紧紧盯住“一把手”和领导班子这个重点，持续推动健全党和国家监督体系，推动将党的伟大自我革命进行到底。

坚定不移深入推进全面从严治党

习近平总书记在讲话中指出，政治监督是督促全党坚持党中央集中统一领导的有力举措，要在具体化、精准化、常态化上下更大功夫。

“推进政治监督具体化、精准化、常态化，要求我们督促各级党组织自觉同党中央精神对标对表。”陈国猛表示，下一步，海南将把清廉自贸港建设作为重要抓手，督促党委（党组）严格落实管党治党政治责任，将清廉建设与自贸港建设有机结合起来，同谋划、同部署、同推进、同考核，不断营造良好的政治生态和发展环境。

腐败是党长期执政的最大威胁，反腐败是一场输不起也决不能输的重大政治斗争。

习近平总书记在讲话中指出，必须深化标本兼治、系统治理，一体推进不敢腐、不能腐、不想腐。

“新时代反腐败斗争成效卓著，但仍要清醒看到，工程建设、矿产资源等重点领域的腐败问题仍然易发多发。”王兴宁表示，陕西将以政治建设为统领，以思想建设为支撑，以制度建设为保障，以模范创建为载体，扎实推进清廉陕西建设，不断把党风廉政建设和反腐败斗争向纵深推进。

“不正之风和腐败问题从根子上说都源于理想信念动摇、党性原则丧失，两者互为表里、实为一体。”李仰哲表示，上海市纪委监委将锲而不舍纠“四风”、树新风，坚持党性党风党纪一起抓，坚持“以案看风”“风腐同查”，坚决防反弹回潮、防隐形变异、防疲劳厌战。

全面从严治党永远在路上，党的自我革命永远在路上。

与会同志一致表示，新征程上，要深刻领悟“两个确立”的决定性意义，进一步增强“四个意识”、坚定“四个自信”、做到“两个维护”，一刻不停推进全面从严治党，深入推进新时代党的建设新的伟大工程，为全面建设社会主义现代化国家开好局起好步提供坚强保障。（新华社记者张研、孙少龙）

利剑高悬　标本兼治

——新时代纪检监察工作高质量发展之“监督篇”

监督是权力正确运行的保证，是国家制度和治理体系有效运转的重要支撑。

一年来，从深化运用“四种形态”到推动纪检监察体制改革，从推进巡视巡察上下联动到促进各类监督贯通融合，党内监督和国家监察全覆盖有效推进，监督治理效能不断提升，中国特色社会主义监督制度逐步成熟定型，为推进国家治理体系和治理能力现代化提供了强大支撑。

深化运用“四种形态”　治理效能充分彰显

坚持惩前毖后、治病救人，实事求是深化运用“四种形态”，是纪检监察工作高质量发展的必然要求。

一年来，各级纪检监察机关将深化运用“四种形态”，统筹运用党性教育、政策感召、纪法威慑，做到纪法情理贯通融合，教育挽救了一大批党员领导干部，监督执纪执法由“惩治极少数”向“管住大多数”拓展。

数据显示，2021 年 1 月至 9 月，全国纪检监察机关运用“四种形态”批评教育帮助和处理共 147.4 万人次。

——运用第一种形态批评教育帮助 105.3 万人次，占总人次的 71.5%；运用第二种形态处理 32.2 万人次，占 21.9%。这两种形态侧重于日常教育监督管理和党纪党规约束，强调将纪律和规矩挺在前面，注重抓早抓小、防微杜渐，教育督促引导广大党员将党章党规党纪内化于心、外化于行，实现从被动敬畏到自觉遵循的转变。

——运用第三种形态处理 4.6 万人次，占 3.1%；运用第四种形态处理 5.2 万人次，占 3.6%。这两种形态侧重严肃查处问责，既体现有腐必惩、有贪必肃，形成强大震慑，确保底线常在；又注重教育感化转化，促使真诚认错悔错改错，实现“处理一人，教育一片”的良好效果。

可以看到，“四种形态”在“好同志”与“阶下囚”中间设置一道缓冲区，既保持了“零容忍”的高压态势，又连接不敢腐、不能腐、不想腐，对全面巩固反腐败斗争压倒性胜利具有重大意义。

在强大震慑和政策感召下，2020 年，全国有 1.6 万人向纪检监察机关主动投案，6.6 万人主动向纪检监察机关交代问题；2021 年，蒙永山、刘川生等中管干部主动投案，各地区各部门也有涉嫌违纪违法的领导干部主动投案，充分彰显深化运用“四种形态”的制度优势和治理效能。

深化纪检监察体制改革　充分发挥制度优势

监督是治理的内在要素。一年来，中央纪委国家监委多举措并举深化纪检监察体制改革，推动纪检监察工作高质量发展，不断完善党和国家监督体系，促进治理效能全面提升。

——聚焦“两个维护”，推动政治监督具体化常态化。中央纪委国家监委健全贯彻习近平总书记重要指示精神和党中央决策部署督查问责机制，加强对党委（党组）履行管党治党主体责任情况的政治监督，坚决做到党中央重大决策部署到哪里、政治监督就跟进到哪里。

——突出“关键少数”，着力破解对“一把手”和领导班子监督难题。2021 年 6 月，《关于加强对“一把手”和领导班子监督的意见》全文公布，意见要求各级纪检监察机关重点强化对贯彻执行民主集中制、依规依法履职用权、担当作为、廉洁自律等情况的监督。

——深化派驻机构改革，增强派驻监督实效。中央纪委国家监委指导省市县纪委监委加快推进派驻机构设置和人员配备、完善派驻监督体制机制，把纪检监察监督更加有力有效地延伸到各部门、各领域、各层级。同时，探索“室组”联动监督、“室组地”联合办案机制，提升监督执纪执法协同性。

——坚持系统集成、协同高效，推动各类监督贯通协调。中央纪委国家监委制定进一步加强纪律监督、监察监督、派驻监督、巡视监督统筹衔接的意见，推动“四项监督”在决策部署指挥、资源力量整合、措施手段运用上更加协同；与中央和国家机关有关单位在信息沟通、线索移交、措施配合、成果共享等方面形成制度性成果40余项，推动纪检监察监督与其他监督形成合力。

——加强纪检监察法规制度体系建设，推动提升工作规范化法治化正规化水平。制定出台《中华人民共和国监察法实施条例》，对监察范围和管辖、权限和程序等作出细化规定，推动完善国家监察法治体系。

巡视利剑高悬　发挥巡视综合监督作用

巡视，是加强党内监督的战略性制度安排，是全面从严治党的有力抓手。

2021年，中央两轮巡视共覆盖57个党组织。至此，十九届中央巡视已累计完成对254个地方、单位党组织的巡视，巡视覆盖率达91.7%，巡视全覆盖取得扎实进展。

巡视是政治巡视，价值取向是以人民为中心，始终坚持人民立场、贯彻群众路线，发挥联系群众的纽带作用，拓宽群众参与监督的渠道，推动解决群众反映强烈的突出问题。

2021 年，中央两轮巡视共受理群众信访 8.3 万件次，全国各省区市巡视巡察机构共受理信访 48.7 万件次，着力发现和推动解决教育、金融、医疗、养老社保、生态环保、执法司法等领域一批群众急难愁盼问题，人民群众获得感成色更足、幸福感更可持续、安全感更有保障。

为配合中央纪委国家监委开展的粮食购销领域腐败问题专项整治，2021 年 9 月，中央巡视工作领导小组部署 31 个省区市和新疆生产建设兵团巡视巡察机构同步开展涉粮问题专项巡视巡察，为促进治理粮食购销系统性腐败问题发挥了重要作用。

据悉，这是《关于加强巡视巡察上下联动的意见》颁布以来，在全国第一次围绕重点工作统筹部署省市县三级巡视巡察机构开展专项巡视巡察。目前，中央、省、市、县四级巡视巡察工作体系已经建立，系统作用和组织优势不断显现。

在深化上下联动的同时，横向监督贯通也取得重要进展。

持续推动巡视与纪检监察监督统筹衔接，认真落实关于进一步加强纪律监督、监察监督、派驻监督、巡视监督统筹衔接的意见；加强与其他监督协同配合，新建立中央巡视机构与财政部、国家统计局的协作机制，有效对接巡视监督与有关职能部门监督。

“上下联动和贯通融合是篇大文章，现在还只是起步，随着全面从严治党不断深入，综合监督作用和系统优势将越来越彰显。”中央巡视办有关负责人说，这是党的领导政治优势在监督领域的充分体现，也是我们自觉运用党的百年奋斗历史经验丰富完善中国特色监督体系的真实写照。（新华社记者范思翔）

监督“利剑”愈显锋芒

——新时代纪检监察工作高质量发展之“巡视篇”

2020年，巡视工作始终坚持“严”的主基调，科学统筹疫情防控和巡视任务，高质量推进巡视全覆盖，建立完善上下联动战略格局，充分发挥综合监督平台作用和联系群众纽带功能，让巡视这柄监督“利剑”愈显锋芒。

高质量推进巡视全覆盖

日前，中央第六轮巡视的15个巡视组撤离各地各单位，完成了现场巡视。

至此，十九届中央巡视全覆盖任务完成率超过70%。

2020年，中央巡视组共开展两轮常规巡视，对17个省区市和新疆生产建设兵团、49个中央和国家机关单位党委（党组）开展巡视，将涉及的5个副省级城市党委和人大常委会、政府、政协党组主要负责人一并纳入巡视范围，实现对省区市巡视全覆盖。

聚焦党中央关于防范化解重大风险、统筹疫情防控和经济社会发展等重大决策部署，巡视工作在2020年应时应势而动，发现了一批贯彻落实不坚决、履行职能责任不到位、搞形式主义官僚主义等问题，督促推动党组织和党员干部以实际行动践行“两个维护”，进一步彰显监督保障执行、促进完善发展作用。

——根据巡视发现的问题线索，福建省委原常委、副省长张志南，原中国船舶重工集团有限公司党组书记、董事长胡问鸣，中粮集团有限公司原党组成员、总会计师骆家駹，文化和旅游部原党组副书记、副部长李金早等人被查处。

——深入查找权力运行监督制约的薄弱环节，针对发现的共性、深层次问题形成专题报告 6 份，向相关职能部门移交意见建议 34 条，促进深化改革、完善体制机制、加强监督管理。

——探索建立与被巡视党组织主要负责人沟通工作机制，就发现的重要问题、提出的重要建议听取被巡视党组织主要负责人意见，促进客观精准发现和反映问题，推动形成查找问题、整改问题、同题共答的共识与合力。

一年来，在中央巡视机构指导下，各省区市立足常规巡视，有针对性地开展专项巡视、机动巡视和“回头看”，切实提高全覆盖质量。截至目前，31 个省区市和新疆生产建设兵团党委共对 6144 个市县、部门和单位党组织开展巡视，全覆盖完成率达 74.5%。

上下联动工作格局更加完善

建立巡视巡察上下联动的监督网，是党的十九大部署的重要任务，也是完善巡视工作格局、推动巡视工作向纵深发展的重要抓手。

数据显示，2020 年，全国市县巡察覆盖 6390 个乡镇、6.6 万个部门和企事业单位、18.9 万个村级党组织，发现和推动解决了一批群众反映强烈的痛点难点问题，有力促进全面从严治党向基层延伸，提升基层监督、基层治理实效。

实践证明，只有巡视巡察“双剑合璧”，才能发挥各自优势，形成强大监督合力，在同一领域同步同向发力。

2020 年 12 月，一份文件由中央办公厅印发——《关于加强巡视巡察上下联动的意见》。

意见明确上级巡视巡察机构要加强对下级巡视巡察工作的指导和

督促，为推进巡视巡察上下联动作出了顶层设计，提供了制度支撑。

根据党中央部署，结合中央第六轮巡视，中央巡视工作领导小组派出10个指导督导组，对17个省区市和新疆生产建设兵团巡视工作开展指导督导：

开展专题培训，组织“讲师团”分赴各地，传导党中央新部署新要求和巡视工作经验做法，推动落实巡视巡察工作主体责任；

开展现场指导，全方位、全流程、全要素跟进省区市一轮巡视，点对点解剖麻雀、面对面传授经验、手把手培训技能；

开展调研督导，了解掌握省区市巡视巡察工作全面情况，发现影响制约巡视巡察工作深化发展的瓶颈问题，为破解难题、深化改革找准症结、明确路径。

数据显示，指导督导期间，共开展个别访谈803人次，召开座谈会111次，查阅资料1.3万余份，下沉调研61次，提出改进工作参考建议1484条。

综合监督平台作用和联系群众纽带功能更加凸显

党章把巡视作为重要组织制度确立下来，在整个党和国家监督体系中具有战略性作用。随着实践深化发展，这一战略作用日益彰显。

——综合监督效应更加凸显。

党的十九大以来，巡视充分发挥综合监督平台作用，积极探索整合监督力量、共享监督成果的实现形式。

巡前加强信息情况沟通，巡中加强对重要问题的会商研究，巡后突出整改日常监督、综合用好巡视成果……将贯通融合要求落实到巡视工作全环节，加强和纪检监察机关、组织部门统筹衔接，初步构建起监督闭环，促进监督、整改、治理一体推进。

——监督力量协作更加有序。

进一步探索巡视与审计、财会、统计等监督协作配合的有效方式，建立健全相关工作机制，充分用好已有监督成果。

通过与其他监督贯通融合，发挥力量整合与系统优势的叠加效应，既提高监督效率，又减少多头重复监督、减轻基层负担，切实推动制度优势转化为监督效能。

——群众监督渠道更加畅通。

2020 年，各级巡视巡察机构自觉践行党的群众路线，充分发挥联系群众纽带功能，及时公开巡视巡察进驻、反馈、整改等情况，畅通群众反映问题渠道，广泛听取群众意见，既让领导干部接受监督、习惯被监督，也让群众知道监督、参与监督，把党的领导与人民当家作主结合起来，促进党内监督与群众监督有机贯通，彰显中国特色的民主监督优势。

数据显示，2020 年中央巡视组共受理群众信访举报 47.9 万件次，推动解决了一批群众最关心最直接最现实的利益问题。国家统计局民意调查结果显示，群众对巡视巡察效果满意率为 95.2%。（新华社记者丁小溪）

强化贯通协同，形成监督合力，监督“探照灯”让腐败无处遁形

以习近平同志为核心的党中央着眼党和国家长治久安，从政治和全局高度推动监督制度改革，中国特色社会主义监督制度逐步成熟定型。

依法设定权力、规范权力、制约权力、监督权力，明晰权责关系，强化用权公开，真正让监督管用、生效，做到权责法定、权责透明、权责统一。

既要把党内监督和国家监督贯通协同起来，推进纪律监督、监察监督、派驻监督、巡视监督统筹衔接，又要推动党内监督和人大监督、民主监督、行政监督、司法监督、群众监督、舆论监督以及审计监督、统计监督贯通协同，形成监督合力，提升治理效能。

反腐败斗争是全面从严治党的关键任务，是具有许多新的历史特点的伟大斗争的重要战场。缺乏监督的权力，必然产生腐败。坚持和完善党和国家监督体系，对于我们党加强自身建设，强化对权力运行的制约和监督，破解自我监督难题，一以贯之推进全面从严治党至关重要。

习近平总书记在1月召开的十九届中央纪委六次全会上强调，要完善权力监督制度和执纪执法体系，使各项监督更加规范、更加有力、更加有效。党的十八大以来，以习近平同志为核心的党中央着眼党和

国家长治久安，从政治和全局高度推动监督制度改革，坚持问题导向，加强顶层设计，构建起决策科学、执行坚决、监督有力的权力运行体系，健全了党统一领导、全面覆盖、权威高效的党和国家监督体系，中国特色社会主义监督制度逐步成熟定型。

巩固制度成果

党和国家监督体系是党统一领导、全面覆盖、权威高效的监督体系，也是党在长期执政条件下实现自我净化、自我完善、自我革新、自我提高的科学制度安排。

党的十八大以来，以习近平同志为核心的党中央着眼党和国家长治久安，从政治和全局高度推动监督制度改革，初步形成党和国家监督体系总体框架。在这一过程中，党的十九大提出构建集中统一、权威高效的国家监察体系，把组建国家监察委员会列在深化党中央机构改革方案第一条，形成以党内监督为主、其他监督相贯通的监察合力。

一是强调党的集中统一领导，强化政治监督。

坚持党的集中统一领导，是坚持和完善党和国家监督体系的出发点和根本保证。党中央对党和国家监督体系的领导是全面的、具体的，贯穿于党和国家监督体系的各领域各方面各环节。新时代党和国家监督，具有鲜明的政治属性，最关键的就是增强“四个意识”，坚定“四个自信”，做到“两个维护”。各级纪委监委牢牢守住政治监督根本定位，把“两个维护”作为根本政治任务，心怀“国之大者”，发挥监督保障作用。

二是实现监督全面覆盖，压实党委纪委责任。

监督全面覆盖，是全面从严治党的重要体现。从党的十八届三中全会要求巡视、派驻“两个全覆盖”，到党的十八届六中全会制定党内监督条例推动党内监督全覆盖；从党的十九大后将所有行使公权力的公职人员纳入国家监察范围，到逐步形成纪律监督、监察监督、派驻监督、巡视监督“四个全覆盖”格局；从大力推动“有形覆盖”，再到走向“有效覆盖”，填补了从好党员到“阶下囚”、从好的公职人员到“阶下囚”两个方面监督的空白，党和国家监督工作逐步延伸到每个领域、每个角落。

党中央反复强调，全面从严治党，党委负主体责任，对本地区本单位政治生态负责；纪委负监督责任，协助党委推进全面从严治党、加强党风建设和组织协调反腐败工作。

党的十八大以来，依靠党中央统一领导，党委（党组）全面监督，纪检监察机关专责监督，通过监督检查、约谈提醒、述职述廉、追责问责等方式，持续强化“两个责任”，并推动“两个责任”贯通协同，取得了全面从严治党的丰硕成果，扭转了管党治党宽松软的状况。

三是强化权威高效，健全制度机制。

提高监督检查的权威高效，出台《中共中央关于加强对“一把手”和领导班子监督的意见》等规范，聚焦“关键少数”、关键岗位，实事求是运用“四种形态”；强化审查调查的权威高效，健全统一决策、一体运行的执纪执法工作机制；强化问责处置的权威高效，规范问责、精准问责。

在强化党和国家监督过程中，党中央围绕权力、责任、担当设计完善制度，实现制度建设与时俱进，推动党和国家监督工作在法治轨道上规范运行。

我们党坚持纪在法前、纪严于法、纪法贯通、法法衔接，修订完善了一系列立规矩、严约束的制度体系；发布《中国共产党纪律检查机关监督执纪工作规则》等落实落细政治监督、日常监督和专项监督的规则程序和方法要求。随着《中国共产党党内监督条例》《中国共产党问责条例》等党内法规的修订以及《中华人民共和国监察法》及其实施条例的颁布施行，监督法规体系逐渐完善成熟。

扎紧权力“铁笼”

科学的权力配置和运行制约机制，是坚持和完善党和国家监督体系的重要内容。

大量事实证明，许多腐败问题都与权力配置不科学、使用不规范、监督不到位有关，必须高度重视权力配置和运行制约的科学性、有效性。扎紧权力“铁笼”，就是要依法设定权力、规范权力、制约权力、监督权力，明晰权责关系，强化用权公开，真正让监督管用、生效。只有建立科学的权力配置和运行制约机制，把公权力关进制度的笼子里，才能确保党和人民赋予的权力始终用来为人民谋幸福。

因此，坚持和完善党和国家监督体系，要着眼于加强党的长期执政能力建设，着力补短板、强弱项，完善决策科学、执行坚决、监督有力的权力运行机制。

党的十九届四中全会从权责法定、权责透明、权责统一三个方面对权力的配置和运行制约作出了一系列制度规定。

一是权责法定。法无授权不可为，法定责任必须为。

权力的配置设定应当于法有据，健全分事行权、分岗设权、分级授权、定期轮岗制度，确定权力归属，明晰权力边界，严格职责权限。2018年深化党和国家机构改革，首次采用党内法规条目式表述部门“三定”，为部门履职尽责赋予了法律依据。

一方面，科学配置权力，确立权力运行的规程，不同性质的权力由不同部门、单位、个人行使，形成科学的权力结构和运行机制，党和国家机关依照法定权限和程序行使职权、履行职责。另一方面，全面梳理各部门权力的法定授权，推动机构、职能、权限、责任法定化，消除权力监督的真空地带，压减权力行使的任性空间，坚持把权力关进制度的笼子，完善及时发现问题的防范机制，精准纠正偏差的矫正机制，强化责任担当的问责机制，让制度成为硬约束而不是橡皮筋，把制度的笼子扎紧扎密。

二是权责透明。公开与透明，让权力“晒”在阳光下，是加强权力运行制约的前提。

强化权力制约，需要推动用权公开，完善党务、政务、司法和各领域办事公开制度，建立权力运行可查询、可追溯的反馈机制，善于运用互联网，主动回应群众关切，接受人民监督。

必须增强主动公开、主动接受监督的意识，以公开促公正、以透明保廉洁。认真落实各类公开办事制度，畅通人民群众建言献策和批评监督渠道，充分发挥群众监督、舆论监督作用，把权力置于严密监督之下，让所有党员、干部和公职人员习惯在受监督和约束的环境中工作生活。

三是权责统一。有权必有责、有责要担当、失责必追究。

一个科学的权力运行制约机制，需要健全有权必有责、用权受监督、滥权必追责的全过程责任追究机制来保证。特别是盯紧权力运行的各个环节，完善发现问题、纠正偏差、精准问责有效机制。下一步，在压减权力设租寻租空间的同时，进一步建立完善容错纠错机制，特别是制定落实“三个区分开来”的具体操作办法。

以监督合力提升治理效能

完善党和国家监督体系，涉及各级各类监督主体、监督制度，是一项艰巨复杂的系统工程。必须以习近平新时代中国特色社会主义思想为指导，把思想和行动统一到党中央决策上来，继续健全制度、完善体系，不断增强监督严肃性、协同性、有效性，融入国家治理体系，把制度优势更好转化为治理效能。

一是落实全面从严治党责任制度。

落实全面从严治党责任，是坚持和完善党和国家监督体系的重要保证。各级党委（党组）特别是主要负责同志，要强化政治担当、履行主体责任，把每条战线、每个领域、每个环节的党建工作抓具体、抓深入；各级纪委要协助党委持续深化全面从严治党，促进管党治党主体责任和监督责任贯通联动，一级抓一级、层层传导压力。坚持失责必问、问责必严，推动各责任主体把管党治党责任记在心上、扛在肩上、落实到行动上，进一步巩固发展全党一起抓监督的良好局面。

二是完善党内监督体系。

党内监督在党和国家监督体系中起主导作用，这是由我们党的执政地位所决定的。要进一步突出党内监督政治属性，增强政治敏锐性和政治鉴别力，推进政治监督具体化和常态化，督促各级党组织和党员领导干部加强政治建设、践行职责使命。

坚持把“四种形态”作为强化党内监督的抓手，将其同执行新形势下党内政治生活若干准则结合起来，强化党组织的政治功能和组织功能，让党员干部在严格的政治生活中锤炼党性。综合运用谈心谈话、列席民主生活会、受理信访举报、督促巡视巡察整改、提出纪检监察建议等形式，做实日常监督。

坚持问题导向，注重精准施策，完善对各级主要领导干部和领导班子内部监督制度，加强纪委对同级党委履行职责、行使权力情况的监督，推动主要领导干部决策和用人情况等在适当范围内公开，确保权力受到严格约束。

三是强化纪委监委专责监督。

作为党内监督和国家监察专责机关的纪检监察机关，在党和国家监督体系中处于主干位置、发挥保障作用。要充分发挥纪检监察机关职能作用，全面落实党中央关于纪检监察体制改革要求。围绕监督检查、审查调查等关键环节，进一步加强上级纪委监委对下级纪委监委、派出机关对派驻机构的领导。健全“室组”联动监督、“室组地”联合办案机制，加强对驻在部门机关纪委履职情况的监督指导，推进机关纪委规范化建设。

全面加强中管企业、中管高校纪检监察工作，指导开展省级纪委监委向省管高校和国有企业派驻纪检监察组试点，推进垂直管理单位和部分以上级管理为主单位纪检监察体制改革，进一步深化省市县派驻机构改革，健全基层监督制度。

完善纪检监察法规制度体系，制定纪检监察机关派驻机构工作规则。推动落实监察官法，自觉接受严格的约束和监督。以“打铁必须自身硬”的坚定态度，落实政治过硬、本领高强要求，努力做党和人民的忠诚卫士。

四是推动各类监督有机贯通、相互协同。

党和国家监督体系是横向到边、纵向到底的大体系。各类监督都是重要组成部分，贯通协同才能形成监督合力。既要把党内监督和国家监督贯通协同起来，发挥纪委监委合署办公优势，健全统一决策、一体执行的工作机制，推进纪律监督、监察监督、派驻监督、巡视监督统筹衔接，推动纪法贯通、法法衔接；又要推动党内监督和人大监督、民主监督、行政监督、司法监督、群众监督、舆论监督以及审计监督、统计监督贯通协同，健全信息沟通、线索移送、措施配合、成果共享等工作机制，织密监督之网，以监督合力提升治理效能。（作者为中国反腐败司法研究中心主任吴建雄）

从历史深处走来，巡视利剑越磨越锋利

从历史深处走来的巡视制度，一以贯之于党的百年奋斗历史进程之中，一以贯之于全面从严治党的伟大实践之中，是我们党坚持自我革命的重要法宝。

党的十八大以来，我们党始终把政治巡视放在统领位置，巡视工作不断常态化，在周期化、全覆盖、重整改、强基础方面取得扎实进展。

巡视制度融合党的优良传统和新鲜经验，融通历史和现实，贯通经验和规范，为发扬好党的历史经验，探索把历史经验转化为制度形态提供了优良的样本。

根据十九届中央纪委六次全会发布的信息，截至目前，十九届中央巡视已累计完成对254个地方、单位党组织的巡视，巡视全覆盖取得扎实进展。随着全面从严治党不断向纵深推进，综合监督作用和系统优势越来越彰显，成为党的领导政治优势在监督领域的充分体现。

巡视，是加强党内监督的战略性制度安排，是全面从严治党的有力抓手。巡视制度更是震慑腐败分子、监督权力行使、整顿党风政风的一把利剑。

党的十八大以来，巡视工作不断制度化、常态化、周期化，形成了以政治巡视为统领、一般巡视和专项巡视相结合的制度样态，党章和《中国共产党巡视工作条例》为巡视工作有序开展提供了基本遵循。

巡视制度成为党的自我革命的重要方式，发挥了应有作用、作出了突出贡献。

坚持自我革命的重要法宝

我们党的巡视制度，萌芽于党的创建和大革命时期，形成和成熟于土地革命时期，是我们党在残酷的革命斗争中形成的重要制度。

中央特派员制度可以看作是巡视制度的前身。在大革命和土地革命时期，中央特派员制度在维护党中央权威、督查地方工作、防止组织涣散、解决内部矛盾等方面，发挥了重要作用。

1927 年 11 月，中央临时政治局召开扩大会议，规定“应当开始建立各级党部的巡视指导制度”，首次提出从中央到地方建立并实行巡视制度。

1928 年 10 月 8 日，中共中央发布《中央通告第五号——巡视条例》，在党的历史上第一次制定了巡视方面的党内法规，标志着中国共产党的巡视制度正式建立。

巡视制度的建立和规范化，为我们党在新民主主义革命时期维护党中央权威、监督地方党组织、解决内部矛盾发挥了特殊作用。

在改革开放和社会主义现代化建设时期，巡视制度获得了重新确立。1990 年 3 月，党的十三届六中全会提出中央和各省、自治区、直辖市党委，可根据需要向各地、各部门派出巡视小组，授以必要的权力，对有关问题进行监督检查，直接向党中央和省、区、市党委报告情况。

2002 年 11 月，党的十六大作出“改革和完善党的纪律检查体制，建立和完善巡视制度”的重大决策，巡视制度进入常态化、制度化的新阶段。2004 年，中央纪委和中央组织部联合制定《关于中共中央纪委、中共中央组织部巡视工作的暂行规定》，在改革开放之后首次对巡视制度进行了规范化。2007 年 10 月，党的十七大修改党章，增写了党中央和省、自治区、直辖市党委实行巡视制度的内容，在党章中首次确立了巡视制度的地位。

2009 年 5 月，中央政治局颁布施行《中国共产党巡视工作条例（试行）》，对巡视工作的指导思想、基本原则、机构设置、工作程序等作了明确规定。同年 11 月，中央作出成立中央巡视工作领导小组的决定，巡视制度的规范化、科学化、制度化程度不断加强。

从历史深处走来的巡视制度，一以贯之于党的百年奋斗历史进程之中，一以贯之于全面从严治党的伟大实践之中，是我们党坚持自我革命的重要法宝。

全面从严治党的有力抓手

党的十八大以来，巡视工作不断适应新时代党的事业发展和全面从严治党的需要，形成了一系列创新制度，实现了巡视制度发展历程中的诸多“第一”，不断推动形成更加成熟、更加定型的巡视制度，实现巡视工作的制度化、常态化、周期化，为全面从严治党向纵深发展筑牢了制度基础。

2013 年 5 月，中央决定对十个省级地方党委、国家部委党组、国有企业党组（党委）和中管高校党委派出中央巡视组，开启了党的十八大后首次中央巡视，巡视利剑在十八大后首次出鞘。

这一轮巡视的诸多创新亮点，有力地保证了巡视的有效性和权威性，也成为巡视制度化的实践样本。

一是建立“三个不固定”制度，即巡视组组长不固定、巡视地区和单位不固定、巡视组同巡视对象的关系不固定，避免巡视组同巡视单位因“一一对应”造成利益捆绑关系，也避免巡视组受“人情”“关系”的困扰。

二是建立“一次一授权”制度，建立巡视组组长库，改变巡视组组长“铁帽子”的状态，巡视组组长由退任省部级领导干部或重要岗位的省部级领导干部担任，增强巡视组的权威性。

三是厘清巡视和日常纪律检查、组织工作的边界，巡视组“只报告、不办案”，中央巡视组将发现问题的问题、线索作分类处置：对领导干部涉嫌违纪的线索和作风方面的突出问题，移交有关纪律检查机关；对执行民主集中制、干部选拔任用等方面存在的问题，移交有关组织部门。移交后，有关部门须优先办理巡视移交的问题和线索，并在规定的期限内向中央巡视办反馈办理结果。

始终把政治巡视放在统领位置，是党的十八大以来巡视制度建设的鲜明特点，体现了我们党旗帜鲜明讲政治的政治品格，也延续了巡视制度自形成以来的优良传统。

党的十八大以来，党中央就明确：中央巡视不是一般的业务巡视和工作巡视，而是政治巡视。政治巡视把被巡视对象贯彻落实党中央决策部署和习近平总书记重要讲话精神放在首位，重点巡视党员领导干部依照国家法律和党内法规履职尽责的情况，巡视党的领导和党中央权威贯彻落实的情况，巡视党组织建设以及干部队伍建设的情况，巡视全面从严治党和政治生态的情况。

党的十八大以来，巡视工作不断常态化，在周期化、全覆盖、重整改、强基础方面取得扎实进展。

在周期化方面，党的十九大修改通过的党章明确规定，党的中央和省、自治区、直辖市委员会实行巡视制度，在一届任期内，对所管理的地方、部门、企事业单位党组织实现巡视全覆盖。

在全覆盖方面，巡视对象包含巡视主体所管理的全部党组织，巡视内容从过往的违纪违法和选人用人问题，扩展到党的政治建设、贯彻落实党中央决策部署以及全面从严治党等方方面面，形成了全主体、全内容的全覆盖巡视。

在重整改方面，党中央部署巡视整改和巡视“回头看”，督促巡视发现的问题整改，不断扎紧制度的笼子，以巡视一体推动不敢腐、不能腐、不想腐。巡视已经成为各级党组织不断纠正错误、补足漏洞、推动工作的制度抓手，倒逼各项制度和工作机制更加符合国家治理体系和治理能力现代化的要求，更加符合党的纪律和国家法律的要求，更加符合人民群众对党组织和党员干部的期待。巡视制度的政治优势，在实践中不断转化为推动党和国家事业发展的治理效能。

在强基础方面，完善省级以下党委的巡察制度建设，加强高等学校、国有企业等“条条”领域的巡视巡察体制机制建设，推动巡视巡察工作向基层延伸，推动巡视巡察工作从“抓关键少数”向“管绝大多数”转变。

在不断强化巡视监督作用的同时，中央采取各项措施防止巡视“灯下黑”。正人先正己，党中央对巡视组及巡视组成员提出了严格的政治要求和纪律要求。《中国共产党巡视工作条例》对巡视纪律作出了详细规定，《中国共产党纪律处分条例》对于违反巡视纪律的行为规定了党纪处分，严肃巡视纪律，增强巡视的有效性。

党的十八大以来，以习近平同志为核心的党中央以“刀刃向内”的勇气，查处一批违反巡视纪律的党员领导干部，一批中央巡视组组长、副组长和工作人员因违反巡视纪律受到党纪国法的严惩，有效维护了巡视工作的权威，严肃了巡视纪律。

利剑高悬磨砺锋芒

党的十八大以来，巡视制度不断完善优化，巡视领域的党内法规建设持续加强。

2015 年 8 月，党中央颁布施行《中国共产党巡视工作条例》，在原有试行条例基础上吸收了党的十八大以来巡视工作形成的新鲜经验和创新制度。2017 年 7 月，党中央再次修改《中国共产党巡视工作条例》，深化政治巡视，进一步发挥巡视监督全面从严治党利剑作用。

两年内两次修改一部党内法规，在党内法规发展历程上是非常罕见的。这表明以习近平同志为核心的党中央高度重视巡视工作，把巡视制度建设作为党的建设制度改革的重要组成部分，以巡视的制度创新巩固反腐败斗争压倒性胜利的成果，推动全面从严治党向纵深发展。

巡视制度的完善和优化，为把坚持自我革命的历史经验转化为制度成果提供了样本。

党的十八大以来，巡视制度始终保持维护党中央权威、督促地方党组织贯彻落实中央决策、保证党中央令行禁止的优良传统，巡视利剑勇于向自身开刀、向破坏党的团结和党中央集中统一领导的现象开刀、向贪污腐败分子开刀，取得了一系列重大成就，为反腐败斗争取得压倒性胜利贡献了力量。

在全面从严治党的伟大实践中，巡视制度通过党内法规制度建设不断把新经验、新办法、新举措转化为法规制度和规范。在新时代全面从严治党的征程上，巡视制度融合党的优良传统和新鲜经验，融通历史和现实，贯通经验和规范，为发扬好党的历史经验，探索把历史经验转化为制度形态提供了优良的样本。

巡视制度的调整和充实，为全面从严治党提供了源源不断的制度供给。

巡视制度，是党的建设制度改革的一个缩影。党的十八大以来，巡视制度不仅在全面从严治党的实践中获得了一系列重大成就，成为全面从严治党的标志性制度之一，而且在制度建设层面获得了一系列重大调整和充实，在全面从严治党中的重要作用更加强化，科学性、权威性、规范性不断提升。

面向新时代，巡视制度将更好地发挥利剑作用，坚持以政治巡视为统领，继续调整和充实巡视的各项体制机制，坚持周期化的巡视节奏，拓展全覆盖的巡视广度，深化重整改的巡视深度，厚植强基础的巡视根基，构建一个更加成熟、更加定型的巡视制度。

巡视制度的实施和运行，为推进党的建设新的伟大工程扎紧了制度篱笆。

全面从严治党永远在路上。推进新时代党的建设新的伟大工程，既需要建章立制、完善制度，更加需要强化制度执行，以“活的制度”推进全面从严治党从“抓关键少数”转向“管绝大多数”。

巡视制度已经成为党中央贯彻落实各项部署，营造风清气正政治生态和震慑贪污腐败分子的利剑，在新时代党的建设新的伟大工程中只能不断强化、不断完善。面对全面从严治党的新形势，要以巡视惩贪的威力强化不敢腐的震慑，以巡视制度的优化扎紧不能腐的笼子，以巡视整改的效能增强不想腐的自觉，把深化巡视制度的实施和运行作为一体推进“三不”体制机制的重要制度路径，让巡视利剑在全面从严治党的磨砺中更加锋利。（作者为武汉大学党内法规研究中心副主任、教授祝捷）

“打铁必须自身硬”

——看百年大党的政治品格

勇于自我革命，是中国共产党鲜明的政治品格。

“打铁必须自身硬”，彰显出中国共产党始终刀刃向内的非凡勇气和一如既往的严格要求。这也是一场自我革命、自我再塑的伟大工程。

一

强大的政党，锻造于坚定的自我革命。

放眼人类历史的浩瀚长河，从来没有一个政党像中国共产党一样，始终以强烈的忧患意识荡涤一切附着在肌体上的污秽，坚决同一切可能动摇党的根基、阻碍党的事业的现象作斗争。

1927年4月27日至5月9日，在武汉召开的中国共产党第五次全国代表大会，选举产生首届中央监察委员会。党要管党、从严治党，强化党内监督、严明政治纪律一以贯之。

从枪决刘青山、张子善的“共和国反腐第一案”，到查处广东省海丰县原县委书记王仲的“改革开放第一案”，再到以空前力度正风肃纪反腐，全面从严治党……

“不得罪成百上千的腐败分子，就要得罪十三亿人民。”习近平总书记的话掷地有声。

“反腐败斗争取得压倒性胜利”——在党的十九大作出“反腐败

斗争压倒性态势已经形成并巩固发展”的判断后，2018 年底召开的中央政治局会议对反腐败斗争形势作出这样的重大判断。

从形成“压倒性态势”到取得“压倒性胜利”，标志着我国反腐斗争成果正从量的积累迈向质的转变。党的十八大以来，以习近平同志为核心的党中央把全面从严治党纳入“四个全面”战略布局，坚持无禁区、全覆盖、零容忍，重拳“打虎”“拍蝇”“猎狐”，掀起了力度、广度、深度空前的反腐败斗争。

党的十八大以来到 2019 年底，全国共立案审查中管干部 414 人、厅局级干部 1.8 万人、县处级干部 13.7 万人，查处官员级别之高、数量之多数十年罕见……

这是一个政党的刮骨疗毒、自我净化，其背后的道理浅白而深刻——

中国共产党的伟大不在于从不犯错，而是永远直面问题，以极强的自我修复能力克服阵痛、再塑自身。

三

党的作风，就是党的形象。作风关系着党的人心向背，关系着党的生死存亡。

在抗日战争最艰苦的时期，华侨领袖陈嘉庚先后拜会了蒋介石、毛泽东。

在重庆，蒋介石豪掷巨款宴请陈嘉庚，所用极尽铺张。而在延安，陈嘉庚吃到的是毛泽东自己种的豆角、西红柿。

这一餐饭，让陈嘉庚看到了中国共产党与人民水乳交融、同甘共苦的珍贵品格，看到了这个政党艰苦朴素中蕴含的远大志向。

也正是这一餐饭，让陈嘉庚心中笃定：中国的希望在延安！

初心易得，始终难守。

进入新时代，从定下规矩做起，中国共产党抓住作风建设这条主线，一以贯之，步步深入。

2012年12月4日，党的十八大闭幕不到一个月，中共中央政治局召开会议，审议通过了《十八届中央政治局关于改进工作作风、密切联系群众的八项规定》。

八项规定，一个带来深刻变革的词汇。

8年多来，在以习近平同志为核心的党中央坚强领导下，全党上下抓铁有痕、踏石留印，让八项规定精神落地生根，让老百姓看到了实实在在的变化。

遏制“舌尖上的浪费”、刹住“车轮上的腐败”、整治“会所里的歪风”……激浊扬清之风吹遍神州大地，让一系列顽瘴痼疾、歪风邪气无处藏身。

党风政风的变化，也带来了社会风气的向好发展。“天价月饼”“天价烟酒”逐渐销声匿迹；厉行节约、反对浪费正成为社会新风尚；婚事新办、丧事简办正被越来越多的人所接受……

改变还在继续。

“中央八项规定不是五年、十年的规定，而是长期有效的铁规矩、硬杠杠。”

三

重锤可以塑造躯体，理想信念则能重铸灵魂。

600余次战役战斗，跨越近百条江河，攀越40余座高山险峰，其中海拔4000米以上的雪山就有20余座，穿越了被称为“死亡陷阱”的茫茫草地，用顽强意志征服了人类生存极限……

这就是长征，一次理想信念的伟大远征。

二战名将、英国元帅蒙哥马利在《三大洲》一书中称赞长征：“这是本世纪最伟大的军事史诗，是一次体现坚韧不拔精神的惊人业绩。”

艰难困苦，玉汝于成。

百年来，中国共产党在内忧外患中诞生，在苦难挫折中成长，在攻坚克难中壮大，理想信念始终回答着为什么出发、从哪里出发的根本问题。

“对马克思主义的信仰，对社会主义和共产主义的信念，是共产党人的政治灵魂，是共产党人经受住任何考验的精神支柱。”

党的十八大报告中的这句话，是答案，更是宣言。

放弃海外优渥生活，以生命报效祖国的黄大年；一生坚守初心本色，深藏功名60余年的张富清；忘我工作、无私奉献的县委书记廖俊波……

理想信念的坚守，撑起9100多万共产党员的精神脊梁。

黄文秀曾在入党申请书中这样写道：只有把个人的追求融入党的理想之中，理想才会更远大。

天下将兴，其积必有源。

百年的历史充分证明，办好中国的事，关键在党。

自我革命、永不懈怠，这就是中国共产党永葆旺盛活力的奥秘所在。（新华社记者孙少龙）

第四章

自我革命

扫一扫，观看
《第二个答案》

跳出历史周期率的新时代答案

——习近平总书记引领百年大党推进自我革命纪实

“我们党历史这么长、规模这么大、执政这么久，如何跳出治乱兴衰的历史周期率？”

党的十九届六中全会第二次全体会议上，习近平总书记作出响亮回答——

“毛泽东同志在延安的窑洞里给出了第一个答案，这就是‘只有让人民来监督政府，政府才不敢松懈’。经过百年奋斗特别是党的十八大以来新的实践，我们党又给出了第二个答案，这就是自我革命。”

党的十八大以来，以习近平同志为核心的党中央以巨大的政治勇气、强烈的责任担当，引领党不断加强革命性锻造，开辟了百年大党自我革命新境界。

今天，一个立志于“始终走在时代前列、人民衷心拥护、勇于自我革命、经得起各种风浪考验、朝气蓬勃的马克思主义执政党”，正带领亿万中华儿女奋进在伟大复兴的征程上。

清醒的历史自觉——“勇于自我革命，是我们党最鲜明的品格，也是我们党最大的优势”

2021 年 9 月，建党百年之际，习近平总书记来到陕北黄土高原。

300 多年前，明末农民起义在这里爆发，先胜后败。70 多年前，毛泽东同志将反思这段历史的《甲申三百年祭》作为延安整风运动文件，要求全党干部阅读并引以为戒。

回顾党的百年历史，习近平总书记感慨万千："从井冈山走到陕北，从陕北到西柏坡，再走到北京，一路上赶考""中国革命必然胜利在这里就能找到答案"。

常怀"赶考"之心，勇于自我革命，这是百年大党不懈奋斗淬就的鲜明品格。

"我经常讲到历史周期率问题，这的确是我国历史上封建王朝摆脱不了的宿命。"

在学习贯彻党的十九大精神研讨班开班式上，从历代封建王朝盛极而衰，到历次农民起义先胜后败，再到苏联解体、苏共垮台、东欧剧变，习近平总书记剖析古今中外治乱兴衰留下的命题，深刻指出其根本原因在于"解决不了自己的问题"。

以史为鉴，可以知兴替。

为解决自身问题、跳出历史周期率，中国共产党始终把党的建设作为一项伟大工程来推进，不断进行自我革命。

当民族复兴伟业进入关键阶段，世界百年变局加速演进，"四大考验"严峻复杂，"四种危险"尖锐深刻，党和国家事业又面临着关乎兴衰成败的重要关口。

常怀远虑，居安思危。对如何跳出历史周期率的思考，始终萦绕在习近平总书记心头。

2015 年 5 月，在中央统战工作会议上，习近平总书记掷地有声地指出："当年'窑洞对'的问题已经彻底解决了吗？恐怕还没有。一些领导干部怕监督、不愿意被监督，觉得老是有人监督不自在、干事不方便。"

习近平总书记语气坚定："在新时代把党的自我革命推向深入。"

从明确勇于自我革命"是我们党最鲜明的品格"，到提出新时代党的建设要“以加强党的长期执政能力建设、先进性和纯洁性建设为主线”；从提出“以伟大自我革命引领伟大社会革命”的“两个革命”重要论述，到突出强调党的建设新的伟大工程在“四个伟大”中的决定性作用……

习近平总书记提出一系列重要理论、作出一系列重大部署，不断深化对建设什么样的长期执政的马克思主义政党、怎样建设长期执政的马克思主义政党的规律性认识。

深刻的历史自觉，继之以坚定的历史主动。

新时代的中国共产党人用“十年磨一剑”的精神练就自我净化的“绝世武功”，消除了党、国家、军队内部存在的严重隐患，赢得了保持同人民群众的血肉联系、人民衷心拥护的历史主动，赢得了全党高度团结统一、走在时代前列、带领人民实现中华民族伟大复兴的历史主动。

2022 年 2 月 4 日，北京冬奥会开幕式当天，阿根廷总统费尔南德斯专程到中国共产党历史展览馆参观。

两天后，在同习近平总书记会晤时，费尔南德斯谈及参观感受：“我向中国共产党为中国人民所做的一切和取得的伟大成就表示崇高敬意。”

习近平总书记回应：“为人民服务，我们没有自己的利益。”

作为一个植根于中华文明沃土、科学理论武装的无产阶级政党，没有自己利益是敢于自我革命的底气所在，坚定理想信念是自觉自我革命的红色基因，科学理论武装是善于自我革命的思想指引，一切为了人民是勇于自我革命的动力之源，肩负复兴伟业是接续自我革命的使命担当。

在十九届中央纪委六次全会上，习近平总书记的话语充满自信：

“一百年来，党外靠发展人民民主、接受人民监督，内靠全面从严治党、推进自我革命，勇于坚持真理、修正错误，勇于刀刃向内、刮骨疗毒，保证了党长盛不衰、不断发展壮大。”

彻底的革命精神——“不断增强党自我净化、自我完善、自我革新、自我提高的能力”

西柏坡，“两个务必”的发源地，“进京赶考”的出发地。

2013 年 7 月，党的群众路线教育实践活动开始不久，习近平总书记来到这里，在当年召开九月会议的一间简陋土坯房里，同基层干部、老党员和群众代表围坐谈心。

当地一名干部提出：“百姓生活在逐渐提高，为什么感觉和我们的距离反而有点远了？”

听了大家的发言，总书记指出：“60 多年过去了……但我们面临的挑战和问题依然严峻复杂，应该说，党面临的‘赶考’远未结束。”

深刻把握作风问题的关键性、基础性，习近平总书记将作风建设摆到“关系民心向背，决定着党的群众基础”的高度，以上率下，激浊扬清。

人们在江西省于都县中央红军长征出发纪念碑前参加纪念活动（2021 年 4 月 30 日摄，无人机照片）。新华社记者 万象 摄

从公款吃喝等具体问题抓起，从月饼、粽子等“小事”查起，违纪必查，遏制“舌尖上的浪费”，整治“车轮上的腐败”，纠正“会所里的歪风”……落实中央八项规定精神、以严明纪律整饬作风，丰富了自我革命有效途径。

“四风”涤荡而去，新风扑面而来。

党旗高高飘扬在脱贫攻坚一线、抗击疫情战线、抗震救灾火线……老百姓高兴地说：“苏区干部的好作风回来了！”

作风关系着党的形象，腐败侵蚀着党的肌体。

2012 年 11 月 15 日，人民大会堂东大厅。面对中外记者，谈及党内存在的腐败问题，刚刚当选中共中央总书记的习近平态度鲜明：“全党必须警醒起来。”

短短 20 余天后，当选十八届中央候补委员还未满月的四川省委副书记李春城被查，成为党的十八大后落马的“首虎”。一场力度空前的反腐败斗争拉开序幕。

腐败最容易颠覆政权，反腐败需要最彻底的自我革命。

查处周永康、薄熙来、孙政才、令计划等一批“大老虎”，铲除“蝇贪”“鼠害”“蛀虫”……“老虎”“苍蝇”一起打，谁也没有免罪的“丹书铁券”，谁也不是“铁帽子王”。

从“形势依然严峻”，到“依然严峻复杂”，再到“压倒性态势正在形成”，及至“取得压倒性胜利”，党风廉政建设和反腐败斗争笃定前行。

风雨不动安如山，赖有砥柱立中流。

面对反腐败这一“输不起也决不能输的重大政治斗争”，习近平总书记主动担起历史重任，以明知山有虎、偏向虎山行的勇毅决绝，赢得了党心军心民心。

2017 年 10 月，党的十九大通过的十八届中央纪委工作报告中明确指出：“党的纪律检查工作取得的成绩，归其根本得益于以习近平同志为核心的党中央旗帜鲜明、立场坚定、意志品质顽强、领导坚强有力。”

也正是在这次大会上，“坚定维护以习近平同志为核心的党中央权威和集中统一领导”写入党章。

全党有核心，中央有权威。“两个确立”为自我革命提供了坚强的政治保障。

秦岭，我国重要生态安全屏障。针对秦岭北麓不断出现违建别墅，习近平总书记4年多时间里6次作出重要指示批示，一些官员却“阳奉阴违”，致使违建屡禁不止。

对此，习近平总书记要求“首先从政治纪律查起”，终于有效抑制了这股歪风邪气。

一个自然生态问题，暴露出的却是政治生态问题。

关键时刻站不出来，重要岗位顶不上去，党员混同于一般群众；在党不言党，在党不爱党，甚至羞于提及党员身份；党内“讲政治”讲得少了，政治生活被轻视、忽视……

习近平总书记深刻洞察党内存在的所有问题本质上都是政治问题，要求全面从严治党首先要从政治上看，推动管党治党从宽松软走向严紧硬。

党中央每年听取“五大班子”的工作汇报和中央书记处工作报告，习近平总书记亲自担任中央一系列顶层机构负责人，全面加强党对深化改革、依法治国、经济等重大工作的领导……党中央成为坐镇中军帐的“帅”，车马炮各展其长，一盘棋大局分明。

2017年8月30日，十八届中央巡视圆满收官，标志着党的历史上首次实现一届任期内中央巡视全覆盖。

全覆盖，体现了动真碰硬的态度，更体现了制度治党的智慧。

每轮巡视结束，习近平总书记都详细审阅巡视报告，对巡视中发现的问题作出评判，推动巡视工作不断深化。

继十八届中央巡视探索开展专项巡视、试点开展“机动式”巡视、首次开展“回头看”后，十九届中央巡视紧盯“一把手”和关键少数、紧盯人民群众反映强烈的突出问题，不断释放利剑高悬、震慑常在的鲜明信号。

包括巡视监督在内的“四个全覆盖”权力监督格局逐步形成，党的纪律检查和国家监察体制改革不断深化，党内法规制度体系更加健全……从制度层面夯实了推进伟大自我革命的“四梁八柱”。

自我革命，既要靠制度保障，又要靠思想建设。

党的十九大闭幕不久，习近平总书记带领新一届中央政治局常委瞻仰中共一大会址和嘉兴南湖红船，在梦想起航地向全党发出“不忘初心、牢记使命、永远奋斗”的伟大号召。

位于上海兴业路 76 号的中共一大会址（2021 年 6 月 1 日摄）。
新华社记者 刘颖 摄

建党百年前夕，习近平总书记来到中国共产党历史展览馆红色大厅，面向鲜红的中国共产党党旗，举起右拳，带领党员领导同志重温入党誓词。

时空变幻、穿越百年，初心如磐、使命如炬。

从延安宝塔山下的革命旧址，到太行深处的革命根据地；从于都河畔的红军长征集结出发地，到大别山中的鄂豫皖苏区首府革命博物馆……习近平总书记“沿着中国革命的征程砥砺初心”，为全党点燃理想之火、信仰之光。

在习近平总书记亲自谋划、亲自部署、亲自推动下，一次次党内集中教育为广大党员干部补钙壮骨，把思想建设作为党的基础性建设，淬炼自我革命锐利思想武器。

正风肃纪、建章立制、固本培元，党的十八大以来，以习近平同志为核心的党中央打出一套全面从严治党“组合拳”，成就了新时代党的自我革命的伟大实践。

不变的“赶考”姿态——“以‘赶考’的清醒和坚定答好新时代的答卷”

2021 年最后一天，北京中南海。

辞旧迎新之际，回望百年大党峥嵘岁月，展望崭新铺就的壮阔大道，习近平总书记在新年贺词中发出号召：“我们只有勇于自我革命才能赢得历史主动。”

就在一个多月前，党的第三个历史决议将“坚持自我革命”作为百年奋斗的 10 条历史经验之一，要求“必须倍加珍惜、长期坚持，并在新时代实践中不断丰富和发展”。

“赶考”永无止境，自我革命永远在路上。

放眼全球，在世纪疫情下，世界发展进入新的动荡变革期。如何在更加不稳定不确定的外部环境中掌舵“中国号”巨轮劈波斩浪、行稳致远？

纵观国内，面对需求收缩、供给冲击、预期转弱三重压力，如何引领中国经济爬坡过坎、稳中求进？新冠肺炎疫情跌宕反复，需要拿出怎样的新招实招硬招？创造了减贫奇迹后，如何共绘乡村振兴新画卷？

审视自身，党内存在的思想不纯、政治不纯、组织不纯、作风不纯等突出问题尚未得到根本解决，“政治微生物”还在潜滋暗长，消极腐败和不良作风会不会卷土重来？

新的“赶考”路上，习近平总书记为全党指明方向：“只要我们党始终站在时代潮流最前列、站在攻坚克难最前沿、站在最广大人民之中，就必将永远立于不败之地！”

在历史前进的逻辑中前进，在时代发展的潮流中发展，这是中国共产党不断从胜利走向胜利的成功秘诀。

“我们如果闭目塞听 3 个月，恐怕会落后世界一大截。”在一次同教育文化卫生体育领域专家代表座谈中，习近平总书记殷殷叮咛。

先进的马克思主义政党不是天生的，而是在不断自我革命中淬炼而成的。过去先进不意味着今天先进，今天先进也不意味着永远先进。

烽火年代里，访问延安后的黄炎培感慨：“我认为中共朋友最可宝贵的精神，倒是不断地要好，不断地求进步，这种精神充分发挥出来，前途希望是无限的。”

“我们面临的风险考验只会越来越复杂，甚至会遇到难以想象的惊涛骇浪。我们面临的各种斗争不是短期的而是长期的，将伴随实现第二个百年奋斗目标全过程”“任务越繁重，风险考验越大，越要发扬自我革命精神”，习近平总书记对漫漫前路有着十分清醒的认知。

新征程上，面对各种艰难险阻、激流险滩，全党上下要发扬彻底的自我革命精神，不断增强创造力、凝聚力、战斗力，才能有能力啃最硬的骨头、挑最重的担子、理最复杂的线头，在危机中育新机、于变局中开新局。

唯有继续把“两个维护”作为党的最高政治原则和根本政治规矩，坚持以党的政治建设为统领，始终紧密团结在以习近平同志为核心的党中央周围，才能进一步团结起全党全国力量，凝聚成民族复兴的磅礴伟力。

一个政党，最难的就是历经沧桑而初心不改、饱经风霜而本色依旧。

2022年全国两会期间，来自江苏镇江的全国人大代表聂永平接通了一个特别的电话。

电话那头是80多岁的老人崔荣海："你是我们镇江的代表，我想托你给总书记带句话——您是全国人民的福星。这些年，咱们共产党在人民群众中的威信又回来了。"

人们清晰记得，2014年12月13日，习近平总书记在镇江考察时，崔荣海挤到人群前，紧紧握着总书记的手说："您是腐败分子的克星，全国人民的福星！"

老人的由衷赞叹，代表了亿万中国人民的衷心拥戴。

"时代是出卷人，我们是答卷人，人民是阅卷人。"一个党能不能长久执政，主要看与人民群众的联系，人民群众拥不拥护、满不满意。

牢记着"人民群众最痛恨腐败，我们必须顺应民心"，就必须"打虎""拍蝇""猎狐"不停步；践行着"人民群众反对什么、痛恨什么，我们就要坚决防范和打击"，就必须剑指一切引起人民反感、危害人民利益的行为作风……

正如习近平总书记所指出的，"党员、干部初心变没变、使命记得牢不牢，要由群众来评价、由实践来检验。我们不能关起门来搞自我革命。"

从孕育于陕北窑洞中的"人民监督"，到立足长期执政提出的"自我革命"，跳出历史周期率的两个答案相互辉映，映照着同一个真理——"人心向背关系党的生死存亡"！

只要我们"为人民的利益坚持好的，为人民的利益改正错的"，我们党的事业就一定会更加兴旺，永远发达。

横空出世莽昆仑，砥柱人间是此峰。

在以习近平同志为核心的党中央坚强领导下，中国共产党始终同人民想在一起、干在一起，坚持以伟大自我革命引领伟大社会革命、以伟大社会革命促进伟大自我革命，必将团结带领亿万中国人民，在新时代新征程上赢得更加伟大的胜利和荣光。（新华社记者张晓松、朱基钗、丁小溪、黄玥、高蕾、孙少龙、张研）

保持永远在路上的坚韧和执着

——2023 年开年全面从严治党一线观察

紧盯“四风”老问题新表现，严查群众身边的不正之风和腐败问题，以廉洁文化培根沃土、成风化人……新年伊始，全面从严治党不松劲、不停步、再出发。

党的二十大报告指出，全面从严治党永远在路上，党的自我革命永远在路上，决不能有松劲歇脚、疲劳厌战的情绪。

2023 年开年之际，新华社记者进机关、探企业、访社区看到，各地正以真抓实干贯彻落实党的二十大精神，以永远在路上的坚韧和执着，坚持不懈把全面从严治党向纵深推进。

坚持以严的基调强化正风肃纪

“这次明察暗访的重点，是紧盯违规吃喝、违规收送礼品礼金等 8 类‘四风’突出问题和变异问题……”

2023 年元旦前，江西省上饶市纪委监委机关的一间会议室内，来自市纪委监委和当地财政、审计等部门的检查组同志正讨论如何开展节日期间明察暗访。

廉不廉，看过年；洁不洁，看过节。

紧盯节日等关键节点，上饶市市县两级联动整治，采取盯现场、抓现行方式加大监督检查力度，形成纠治“四风”常态化监督模式。

“既抓‘现场’，也查‘后台’。”上饶市纪委书记、监委主任陈冰介绍，上饶市纪委监委推动同公安、财税、审计等监督力量相贯通，通过监管平台对数据进行综合分析对比，有效提高了问题线索发现率和精准度。

形式主义、官僚主义是党和国家事业发展的大敌。2023 年开年，各地区各部门继续减负增效、轻装奋进。

“文山会海、迎来送往少了，才能有更多时间为老百姓办实事。”刚下社区回来，河北省唐山市路北区大里街道办事处副主任郭颖说。

郭颖告诉记者，过去大大小小的会短则半小时，长则一两个小时，既占用时间又耗费精力。“如今，各级领导干部头脑里都有了力戒形式主义、官僚主义这根弦，改作风、提效能的氛围越来越浓了。”郭颖说。

党中央决策部署的贯彻落实，离不开强有力的作风和纪律保障。

“沃柑销售情况怎么样？”“脱贫户务工的工资如何？”……

近日，在广西北流市民乐镇斗口村，民乐镇纪委书记陈忠财走进一户村民的家庭农场，详细了解情况。

聚焦乡村振兴重点项目实际情况，针对本地特色产业发展各环节，北流市纪委监委组织工作人员扎根一线靠前监督。“我们紧盯政策落实、项目推进、资金使用管理等多个环节，督促通报没有落地落实的问题，协调解决存在的困难，以强有力的政治监督助推乡村振兴。”陈忠财说。

提高一体推进“三不腐”能力和水平

“系统抓取到金额过高、拆分发票等异常信息，本次发现疑似问题 320 个……”

近期，一批通过税控发票监督应用系统发现的公款消费异常信息，成为上海市纪委监委工作人员办案的有力线索。

随着经济社会不断发展，传统腐败和新型腐败相交织，腐败手段也呈现隐形变异、翻新升级的趋势，对反腐败工作水平和能力提出更高要求。

“面对新型腐败、隐性腐败，我们必须擦亮眼睛，不断实现‘打法’升级。”上海市纪委监委有关负责同志表示，依托科技赋能，上海市各级纪检监察机关充分运用“一网统管”“一网通办”等平台，通过大数据筛选比对、痕迹倒查，对顶风违纪、隐形变异问题“露头就打”，及时发现、有效处理腐败问题的能力显著提高。

坚决整治群众身边的不正之风和腐败问题，才能切实增强人民群众获得感、幸福感、安全感。

“家里供暖很好，之前多交的报停费也都退到手了，感谢你们为老百姓办实事办好事！”

寒冬里，家住吉林省白城市通榆县碧水东城小区的居民李明对前来回访的县纪委监委工作人员竖起了大拇指。

白城市供热期长达半年，供热情况好坏，直接影响老百姓日常生活。

为此，白城市纪委监委持续深入开展供热领域腐败及作风问题专项整治，截至目前，已对供热领域违纪违法案件立案16人，给予党纪政务处分13人，挽回经济损失660余万元。

“暖气的温度，直接关系老百姓满意度。”白城市纪委书记、监委主任李立春表示，接下来还将针对贪污挪用民生资金、滥用执法司法权等侵害群众利益的突出问题，集中力量开展专项整治。

厚植廉洁文化，激扬新风正气。

“今天是领导干部廉洁自省日，集团纪委提醒您：永葆自我革命精神，敢为善为严纪律，务实落实强作风……”

在江苏徐州，徐工集团每个月10号的“廉洁自省日”，干部们都会收到这样一条短信。

记者了解到，通过发送廉洁提醒短信、开展作风建设主题教育、剖析腐败典型案例等方式，徐工集团不断推动领导干部筑牢拒腐防变的思想堤坝。此外，还通过发放廉洁文化书籍、制定清廉家训等方式，推动年轻干部家庭廉洁文化建设，帮助年轻干部系好“第一粒扣子”。

形成全面覆盖、常态长效的监督合力

“现在每个月都有志愿者上门陪我聊天谈心，服务越来越人性化了。”谈起近来居家养老服务的新变化，浙江省湖州市德清县新市镇高龄老人陆瑞英感慨道。

服务的提质增效，离不开常态长效的监督合力。

此前，通过巡察监督，德清县委巡视办和巡查组以面对面的形式，向分管民政的县领导反馈了“居家养老服务落地不到位”等问题，推动了问题整改和解决。

“在近年来的巡察工作中，我们探索建立了向分管（联系）县领导‘面对面巡察反馈’的机制，有效提升了巡察质效。”德清县纪委书记、监委主任王云香介绍，分管（联系）县领导要通过召开协调会、约谈整改责任单位等多种形式，推动整改责任落细落实。截至目前，已进行 28 次“一对一”反馈，推动 16 个问题得到有效解决。

把权力关进制度的笼子，才能让权力在阳光下运行。

“揽镜自照、时刻警醒”“牢记初心、永葆清廉”……

走进广州仲裁委员会大楼，廉洁文化、警示教育方面的标语贴满了整整一条长廊，时刻提醒着党员干部绷紧“廉政弦”。

记者了解到，为从源头上堵塞漏洞，广州仲裁委紧盯关键岗位、关键环节进行风险排查，建立健全通报制度，定期公布排查情况。同时围绕核心业务进行监督全覆盖，如内部审计对每年财务支出进行“经济体检”、卷宗评审对案件进行重点抽查等。

“制度建设是增强拒腐防变能力的有力保障。”广州仲裁委有关负责同志介绍，广州仲裁委还常态化开展易发虚假仲裁案件审理交流会，形成虚假仲裁案例汇编、通报机制，进一步引导党员干部养成严实深细作风。

执纪者必先守纪，律人者必先律己。

“要严格落实市纪委监委关于加强纪检监察干部自身建设相关要求，找差距、查不足、补短板、强弱项。”

近日，在天津市纪委监委驻天津师范大学纪检监察组召开的纪检监察干部监督工作会议上，一项项明确要求让在场的纪检监察干部打起了十二分精神。

记者了解到，为强化自身建设，天津市纪委监委出台全市纪检监察干部“九严禁”，从政治纪律、履职用权、工作作风等 9 个方面列出纪检监察干部严禁事项，并细化为“36 个不准”的“负面清单”。

“严防‘灯下黑’，既要用监督加压，又要用信任加力。”天津市纪委监委有关负责人介绍，通过出台相关办法，市纪委监委将考察识别、谈心谈话成果同干部“育选管用”结合起来，作为干部教育培养、考核评价等环节的重要参考，努力建设一支忠诚干净担当的纪检监察干部队伍。

常青之道，贵在自胜。

新的一年，时刻保持解决大党独有难题的清醒和坚定，一刻不停推进全面从严治党，我们党必将以更加蓬勃的生机与活力，引领中国特色社会主义事业巨轮乘风破浪、扬帆远航。（新华社记者孙少龙、张研、董博婷、赖星、岳德亮、周立权、黄庆刚、李雄鹰、郑生竹、尹思源、杨帆、兰天鸣）

把党的伟大自我革命进行到底

——学习贯彻习近平总书记在二十届中央纪委二次全会重要讲话精神

治国必先治党，党兴才能国强。日前，习近平总书记在二十届中央纪委二次全会上发表重要讲话。讲话站在事关党长期执政、国家长治久安、人民幸福安康的高度，强调把全面从严治党作为党的长期战略、永恒课题，始终坚持问题导向，保持战略定力，发扬彻底的自我革命精神，永远吹冲锋号，把严的基调、严的措施、严的氛围长期坚持下去，把党的伟大自我革命进行到底，为深入推进全面从严治党提供了根本遵循。

新时代十年，以习近平同志为核心的党中央把全面从严治党纳入“四个全面”战略布局，刀刃向内、刮骨疗毒，猛药祛疴、重典治乱，使党在革命性锻造中变得更加坚强有力。经过不懈努力，党找到了自我革命这一跳出治乱兴衰历史周期率的第二个答案，自我净化、自我完善、自我革新、自我提高能力显著增强，管党治党宽松软状况得到根本扭转，风清气正的党内政治生态不断形成和发展。全面建设社会主义现代化国家、全面推进中华民族伟大复兴，关键在党。必须清醒看到，党面临的执政考验、改革开放考验、市场经济考验、外部环境考验将长期存在，精神懈怠危险、能力不足危险、脱离群众危险、消极腐败危险将长期存在。全面从严治党永远在路上，党的自我革命永远在路上，决不能有松劲歇脚、疲劳厌战的情绪，必须时刻保持解决大党独有难题的清醒和坚定，必须持之以恒推进全面从严治党，深入推进新时代党的建设新的伟大工程，不断以党的自我革命引领社会革命。

党要管党，才能管好党；从严治党，才能治好党。对我们这样一个拥有 9600 多万名党员、在一个 14 亿多人口大国长期执政的党，管党治党一刻也不能松懈。全面从严治党，核心是加强党的领导，基础在全面，关键在严，要害在治。把党的伟大自我革命进行到底，必须落实新时代党的建设总要求，健全全面从严治党体系，把严的要求贯彻到管党治党全过程、落实到党的建设各方面，全面推进党的自我净化、自我完善、自我革新、自我提高，使我们党坚守初心使命，始终成为中国特色社会主义事业的坚强领导核心。

事成于严，业兴于实。深入推进全面从严治党，为贯彻落实党的二十大决策部署提供保障、注入动力。政治监督是督促全党坚持党中央集中统一领导的有力举措，要在具体化、精准化、常态化上下更大功夫，以有力政治监督保障党的二十大决策部署落实见效。要心怀“国之大者”，推动党的二十大精神、党中央决策部署同部门、行业、领域实际紧密结合，看党的二十大关于全面贯彻新发展理念、着力推动高质量发展、主动构建新发展格局等战略部署落实了没有、落实得好不好；看党中央提出的重点任务、重点举措、重要政策、重要要求贯彻得怎么样；看属于本地区本部门本单位的职责有没有担当起来。要及时准确发现有令不行、有禁不止，做选择、搞变通、打折扣，不顾大局、搞部门和地方保护主义等突出问题，推动完善党中央重大决策部署落实机制，以有力有效日常监督促进各项政策落实落地。

奋斗未有穷期，赶考永无止境。全面从严治党是党永葆生机活力、走好新的赶考之路的必由之路。让我们更加紧密地团结在以习近平同志为核心的党中央周围，深刻领悟“两个确立”的决定性意义，进一步增强“四个意识”、坚定“四个自信”、做到“两个维护”，在新时代新征程上一刻不停推进全面从严治党，奋力谱写全面建设社会主义现代化国家新篇章。（新华社评论员）

健全全面从严治党体系

——学习贯彻习近平总书记在二十届中央纪委二次全会重要讲话精神

“全面从严治党体系应是一个内涵丰富、功能完备、科学规范、运行高效的动态系统。”在二十届中央纪委二次全会上，习近平总书记深刻阐述健全全面从严治党体系的目标任务、实践要求，为全面从严治党各项工作更好体现时代性、把握规律性、富于创造性注入强大思想和行动力量。

治国必先治党，治党务必从严。构建全面从严治党体系是一项具有全局性、开创性的工作。新时代十年，以习近平同志为核心的党中央明确提出全面从严治党，不断深化对自我革命规律的认识，不断推进党的建设理论创新、实践创新、制度创新，初步构建起全面从严治党体系。这一体系，既有系统的理论指导又有完善的任务布局，既有健全的制度设计又有配套的工作抓手，撑起了管党治党的“四梁八柱”，为新时代加强党的建设、推进事业发展提供了坚强保障。实践充分证明，构建全面从严治党体系，从严管党治党，是我们党的一大显著优势和制胜密码。

“明者因时而变，知者随事而制。”健全全面从严治党体系，对于坚定不移全面从严治党、深入推进新时代党的建设新的伟大工程具有重要意义。我们党作为长期执政的马克思主义政党和世界第一大政党，管党治党任务繁重。党的远大目标和历史使命，党的队伍的庞大规模和广泛分布，党面临的重大风险和严峻挑战，都决定只有整体地而不是局部地、系统地而不是零碎地、持久地而不是短暂地、高标准地而不是一般化地全面从严治党，才能使我们党永葆先进性和纯洁性，把党建设得更加坚强有力，始终成为中国特色社会主义事业的坚强领导核心。

健全全面从严治党体系，需要坚持制度治党、依规治党，更加突出党的各方面建设有机衔接、联动集成、协同协调，更加突出体制机制的健全完善和法规制度的科学有效，更加突出运用治理的理念、系统的观念、辩证的思维管党治党建设党。要坚持内容上全涵盖、对象上全覆盖、责任上全链条、制度上全贯通，进一步健全全面从严治党体系。在管党治党实践中，要在“全面”上下功夫，继续拓展从严治党的广度和深度；要在“严”上持续用力，营造严的氛围，采取严的措施，不断丰富和深化从严管党治党的方式手段；要在“治”上更加用力，采取标本兼治、针对性更强的举措，确保全面从严治党各项任务和部署不折不扣落实落地，实现党的建设高质量发展。

健全全面从严治党体系是一项系统工程，需要各方协同、久久为功。在以习近平同志为核心的党中央坚强领导下，守正创新、务求实效，坚定不移推动健全全面从严治党体系，将全面从严治党落实到党的建设各领域各方面各环节，就一定能不断提高全面从严治党水平，使新时代党的建设新的伟大工程为进行伟大斗争、推进伟大事业、实现伟大梦想提供更加坚强的保证。（新华社评论员）

以党的自我革命引领社会革命

——在深刻领会新时代10年伟大变革中贯彻落实党的二十大精神之党的建设篇

习近平总书记在党的二十大报告中指出，“全面建设社会主义现代化国家、全面推进中华民族伟大复兴，关键在党。”

新时代10年，我们全面加强党的领导，深入推进全面从严治党，找到了自我革命这一跳出治乱兴衰历史周期率的第二个答案，自我净化、自我完善、自我革新、自我提高能力显著增强，党在革命性锻造中更加坚强有力。

新征程上，必须深入推进新时代党的建设新的伟大工程，不断以党的自我革命引领社会革命，使我们党坚守初心使命，始终成为中国特色社会主义事业的坚强领导核心。

党的领导全面加强

广西南丹县里湖瑶族乡朵努社区，上百栋安置房“镶嵌”在山腰之间，错落有致、别具特色。

连日来，社区党员干部带领各族群众学习领会党的二十大精神，立足当地实际，为接续推进乡村振兴谋划新路径。

战贫困、建小康，控疫情、抗大灾，应变局、化危机……非凡十年，党总揽全局、协调各方的领导核心作用充分发挥，党的政治领导力、思想引领力、群众组织力、社会号召力显著增强，带领中国人民意气风发向着中华民族伟大复兴迈出坚实步伐。

11 月 24 日，北京展览馆。全国公安机关领导干部学习宣传贯彻党的二十大精神政治培训班学员们参观“奋进新时代”主题成就展。

“十年磨一剑。新时代 10 年，党的领导制度体系不断完善，党的领导方式更加科学，党把方向、谋大局、定政策、促改革能力持续提高。”四川绵阳市副市长、公安局局长周述说，我们要坚持科学执政、民主执政、依法执政，不断创新和改进领导方式，努力建设更高水平的平安中国。

舟行万里，操之在舵。

回望奋斗路，“两个确立”是推动党和国家事业取得历史性成就、发生历史性变革的决定性因素；展望新征程，“两个确立”是党应对一切不确定性的最大确定性、最大底气、最大保证。

贵州省委常委、遵义市委书记李睿表示，作为革命老区的党员干部，要拥护“两个确立”、做到“两个维护”，一步一个脚印地把党的二十大各项决策部署落到实处。

全面从严治党持续深入推进

“您好，我们是县纪委监委工作人员，请出示今天的订餐记录及结账单给我们查阅一下。”

近日，在江西莲花县一家高档酒店，当地纪委监委监督检查组围绕党员干部、公职人员违规公款吃喝等问题进行了现场检查。

“作风建设凝聚党心民心，必须驰而不息。我们要继续纠治‘作风上的懒散’‘酒席上的歪风’‘舌尖上的浪费’等老问题、新动向，以更好的作风和形象奋进新征程。”莲花县纪委书记、监委主任王东成说。

治国必先治党，治党务必从严。

以党的政治建设统领党的建设各项工作，坚持思想建党和制度治党同向发力，推动全党坚定理想信念、严密组织体系、严明纪律规矩，开展史无前例的反腐败斗争……新时代10年，全面从严治党取得了历史性、开创性成就，产生了全方位、深层次影响，开辟了百年大党自我革命新境界。

“我们要在总结新时代全面从严治党成功经验的基础上，贯彻落实好党的二十大对深入推进新时代党的建设新的伟大工程作出的战略部署，推动党的建设不断增强时代性、把握规律性、富于创造性。”安徽省委讲师团团长张彪说。

淬炼锐利思想武器——

不断谱写马克思主义中国化时代化新篇章，是当代中国共产党人的庄严历史责任。

“必须深刻领会‘两个结合’‘六个坚持’，继续推进实践基础上的理论创新，补足精神之‘钙’、筑牢思想之‘基’，更好用党的创新理论武装头脑、指导实践、推动工作。”南京航空航天大学马克思主义学院党委书记徐川说。

完善制度规范体系——

11月27日，位于上海静安区的中共二大会址纪念馆“永远的旗帜——中国共产党党章学习厅”全新开放。

“新时代10年，我们党形成比较完善的党内法规体系，必须继续坚持制度治党、依规治党，以党章为根本，完善自我革命制度规范体系，不断增强制度执行力。”纪念馆研究室负责人倪娜说。

锻造过硬干部队伍——

山东济南市市中区近日举办2022年优秀年轻干部“突破提升”专题培训班，将课堂教学与实践锻炼相结合，聚焦培养可堪大用、能担重任的栋梁之才。

“安排年轻干部到一线‘墩墩苗’，使他们阅历更丰富、能力更扎实，进一步做好新时代干部工作，为党和国家事业发展提供有力支撑。”市中区委常委、组织部部长顾朝霞说。

以政治建设为纲，以思想建设铸魂，以制度建设治本，以组织建设夯基，坚定不移正风肃纪反腐，全面从严治党向纵深推进。

在新的赶考之路上继续交出优异答卷

新征程上，党面临的“四大考验”“四种危险”将长期存在，我们必须牢记全面从严治党永远在路上、党的自我革命永远在路上，确保党永远不变质、不变色、不变味。

再出发，共产党人斗志昂扬——

近日，湖北十堰市郧阳区创新监督举措，组织部分巡察干部对全区 20 个乡镇（场）350 个村（居）开展全覆盖督查。

“监督检查‘不打烊’，‘刀刃向内’不停歇。”郧阳区委副书记、政法委书记陈茹说，我们将不断完善监督手段强化正风肃纪，坚决同“庸懒散浮拖”等现象作斗争。

再出发，共产党人初心不忘——

发展种植产业、乡村旅游，带领群众增收致富……从党的二十大会议现场回到工作岗位，河北阜平县骆驼湾村党支部书记顾瑞利立刻投入紧张工作。

“全党要坚持全心全意为人民服务的根本宗旨”，党的二十大报告再次擦亮共产党员初心底色。

再出发，共产党人团结奋进——

蓝天碧水交相辉映，白色海菜花静静绽放，初冬的洱海让人流连忘返。

近年来，云南大理白族自治州依托各级党组织建立州、县（市）、乡（镇）、村、组五级河（湖）长制，抢救早年因污染而水质下降的“母亲湖”。

“我们要继续发挥河（湖）长制作用，调动一切可以调动的力量，让洱海美景长留人间。”大理州洱海管理局局长赵国龙说。

贯彻落实党的二十大精神，全党心往一处想、劲往一处使，在党的旗帜下团结成“一块坚硬的钢铁”，必将凝聚起奋进新征程的强大合力。

在以习近平同志为核心的党中央坚强领导下，始终坚持以党的自我革命引领社会革命，中国共产党必将交出不负时代、不负人民的崭新答卷。（新华社记者丁小溪、高蕾、孙少龙、范思翔）

坚定不移深入推进全面从严治党

——学习贯彻习近平总书记在二十届中央纪委二次全会重要讲话精神

治国必先治党，治党务必从严。在二十届中央纪委二次全会上，习近平总书记深刻总结新时代十年全面从严治党取得的重大成果，深入阐述全面从严治党新形势新要求，对坚定不移深入推进全面从严治党作出战略部署，为新征程上深入推进新时代党的建设新的伟大工程指明方向。

全面从严治党是新时代党治国理政的一个鲜明特征。党的十八大以来，以习近平同志为核心的党中央，以"十年磨一剑"的定力推进全面从严治党，以"得罪千百人，不负十四亿"的使命担当推进史无前例的反腐败斗争，管党治党宽松软状况得到根本扭转，全面从严治党取得了历史性、开创性成就。面对新征程上的新挑战新考验，我们必须时刻保持解决大党独有难题的清醒和坚定，驰而不息推进全面从严治党，使百年大党在自我革命中不断焕发蓬勃生机，始终成为中国特色社会主义事业的坚强领导核心。

作风建设关乎事业成败、人心向背。深入推进全面从严治党，要持续深化落实中央八项规定精神、纠治"四风"。制定实施中央八项规定，是我们党在新时代的徙木立信之举，必须常抓不懈、久久为功，直至真正化风成俗，以优良党风引领社风民风。要继续纠治享乐主义、奢靡之风，把纠治形式主义、官僚主义摆在更加突出位置，把握作风建设地区性、行业性、阶段性特点，抓住普遍发生、反复出现的问题深化整治，推进作风建设常态化长效化。

纪律是管党治党的“戒尺”，也是党员、干部约束自身行为的标准和遵循。党要管党、从严治党，纪律建设是治本之策。深入推进全面从严治党，要全面加强党的纪律建设，把纪律建设摆在更加突出位置。党规制定、党纪教育、执纪监督全过程都要贯彻严的要求，既让铁纪“长牙”、发威，又让干部重视、警醒、知止，使全党形成遵规守纪的高度自觉，使每一个共产党员特别是领导干部进一步养成在受监督和约束的环境中工作生活的习惯。

反腐败是最彻底的自我革命。深入推进全面从严治党，要坚决打赢反腐败斗争攻坚战持久战。当前，反腐败斗争形势依然严峻复杂，遏制增量、清除存量的任务依然艰巨。必须深化标本兼治、系统治理，一体推进不敢腐、不能腐、不想腐，把不敢腐的震慑力、不能腐的约束力、不想腐的感召力结合起来。要在不敢腐上持续加压，始终保持零容忍震慑不变、高压惩治力量常在。要在不能腐上深化拓展，前移反腐关口，深化源头治理，健全党统一领导、全面覆盖、权威高效的监督体系，加强重点领域监督机制改革和制度建设，健全防治腐败滋生蔓延的体制机制。要在不想腐上巩固提升，更加注重正本清源、固本培元，加强新时代廉洁文化建设，涵养求真务实、团结奋斗的时代新风。

纪检监察机关是推进全面从严治党的重要力量，使命光荣、责任重大，必须忠诚于党、勇挑重担，敢打硬仗、善于斗争，在攻坚战持久战中始终冲锋在最前面。要坚持以党性立身做事，不断提高纪检监察工作规范化、法治化、正规化水平，完善内控机制，自觉接受各方面监督，坚决防治“灯下黑”。只有切实加强政治教育、党性教育，严明法纪，坚决清除害群之马，才能以铁的纪律打造自身正自身硬的纪检监察铁军。

全面从严治党永远在路上，党的自我革命永远在路上。让我们在以习近平同志为核心的党中央坚强领导下，全面贯彻落实党的二十大精神，认真落实党中央全面从严治党战略部署，不断取得管党治党新成效，为全面建设社会主义现代化国家提供坚强保障。（新华社评论员）

一刻不停推进全面从严治党，习近平总书记对这个问题高度关注

“一刻不停推进全面从严治党。”

1月9日，习近平总书记在二十届中央纪委二次全会上发表重要讲话。讲话中，习近平总书记回顾新时代十年全面从严治党的成就，并立足新时代新征程，深刻分析“大党独有难题”的形成原因、主要表现和破解之道，深刻阐述“健全全面从严治党体系”的目标任务、实践要求，对坚定不移深入推进全面从严治党作出战略部署。

解决大党独有难题——“必须迈过的一道坎”“必须啃下的硬骨头”

习近平总书记在全会上指出，新时代十年，党中央把全面从严治党纳入“四个全面”战略布局，刀刃向内、刮骨疗毒，猛药祛疴、重典治乱，使党在革命性锻造中变得更加坚强有力。

踏上新征程，我们面临着新形势新挑战。

2022年10月16日，习近平总书记在党的二十大报告中指出，我们党作为世界上最大的马克思主义执政党，要始终赢得人民拥护、巩固长期执政地位，必须时刻保持解决大党独有难题的清醒和坚定。

时隔两个多月，习近平总书记在此次中央纪委全会上再次强调，全面从严治党永远在路上，要时刻保持解决大党独有难题的清醒和坚定。

何谓“大党独有难题”？

此次全会，习近平总书记对“大党独有难题”的主要表现作深刻分析。他指出六个“我们这个大党必须解决的独有难题”：

——如何始终不忘初心、牢记使命；

——如何始终统一思想、统一意志、统一行动；

——如何始终具备强大的执政能力和领导水平；

——如何始终保持干事创业精神状态；

——如何始终能够及时发现和解决自身存在的问题；

——如何始终保持风清气正的政治生态。

习近平总书记强调，解决这些难题，是实现新时代新征程党的使命任务必须迈过的一道坎，是全面从严治党适应新形势新要求必须啃下的硬骨头。

健全全面从严治党体系——“需要坚持制度治党、依规治党”

2022年10月16日，习近平总书记在党的二十大报告中首次提出“健全全面从严治党体系”。

此次全会，习近平总书记再次强调，构建全面从严治党体系是“一项具有全局性、开创性的工作”。他指出，这个体系“应是一个内涵丰富、功能完备、科学规范、运行高效的动态系统”。

新时代十年，我们党不断深化对自我革命规律的认识，不断推进党的建设理论创新、实践创新、制度创新，初步构建起全面从严治党体系。

新征程上，如何进一步健全全面从严治党体系？

全会上，习近平总书记指出，健全这个体系，“需要坚持制度治党、依规治党”。他用三个“更加突出”，作出深入阐释：

——更加突出党的各方面建设有机衔接、联动集成、协同协调；

——更加突出体制机制的健全完善和法规制度的科学有效；

——更加突出运用治理的理念、系统的观念、辩证的思维管党治党建设党。

三个“更加突出”，进一步丰富了健全全面从严治党体系的内涵，进一步凸显了其中的内在逻辑。

习近平总书记强调，要坚持内容上全涵盖、对象上全覆盖、责任上全链条、制度上全贯通，进一步健全全面从严治党体系，使全面从严治党各项工作更好体现时代性、把握规律性、富于创造性。

作出系列战略部署——“把党的伟大自我革命进行到底”

这次中央纪委全会上，习近平总书记对深入推进全面从严治党作出一系列战略部署。

对于作风建设，习近平总书记强调，要把握作风建设地区性、行业性、阶段性特点，抓住普遍发生、反复出现的问题深化整治，推进作风建设常态化长效化。

对于反腐败斗争，习近平总书记强调，必须深化标本兼治、系统治理，一体推进不敢腐、不能腐、不想腐。

对于加强纪律建设，习近平总书记强调，要把纪律建设摆在更加突出位置，党规制定、党纪教育、执纪监督全过程都要贯彻严的要求，既让铁纪“长牙”、发威，又让干部重视、警醒、知止，使全党形成遵规守纪的高度自觉。

……

一系列部署，既各有侧重又相互补充，彰显出将全面从严治党进行到底的坚定决心。

党的二十大闭幕以来，短短两个多月的时间，习近平总书记不断对深入推进全面从严治党作出重要论述和重要部署。

2022 年 10 月 25 日，党的二十大闭幕刚三天，习近平总书记主持召开中央政治局会议。会议的一项重要议程，即是审议《中共中央政治局贯彻落实中央八项规定实施细则》。党的二十大闭幕不到一周，习近平总书记带领新当选的二十届中共中央政治局常委来到延安。在延安革命纪念馆，习近平总书记强调要“勇于推进党的自我革命，坚定不移推进全面从严治党，始终保持党的先进性和纯洁性”。12月6日，习近平总书记主持召开中央政治局会议。会议指出，进一步增强坚定不移全面从严治党的政治定力，把严的基调、严的措施、严的氛围长期坚持下去，把新时代党的伟大自我革命进行到底……

此次中央纪委全会上，习近平总书记再次强调，要站在事关党长期执政、国家长治久安、人民幸福安康的高度，把全面从严治党作为党的长期战略、永恒课题，始终坚持问题导向，保持战略定力，发扬彻底的自我革命精神，永远吹冲锋号，把严的基调、严的措施、严的氛围长期坚持下去，把党的伟大自我革命进行到底。

“一刻不停推进全面从严治党。”习近平总书记在此次中央纪委全会上的重要讲话，是新征程上深入推进全面从严治党的根本遵循。（新华网记者张敏彦）

附录一

中国共产党第二十届中央纪律检查委员会第二次全体会议公报

（2023 年 1 月 10 日中国共产党第二十届中央纪律检查委员会第二次全体会议通过）

中国共产党第二十届中央纪律检查委员会第二次全体会议，于 2023 年 1 月 9 日至 10 日在北京举行。出席这次全会的有中央纪委委员 127 人，列席 207 人。

中共中央总书记、国家主席、中央军委主席习近平出席全会并发表重要讲话。李强、赵乐际、王沪宁、蔡奇、丁薛祥、李希等党和国家领导人出席会议。

全会由中央纪律检查委员会常务委员会主持。全会全面贯彻习近平新时代中国特色社会主义思想，深入贯彻落实党的二十大精神，研究部署 2023 年纪检监察工作，审议通过了李希同志代表中央纪委常委会所作的《深入学习贯彻党的二十大精神，在新征程上坚定不移推进全面从严治党》工作报告。

全会认真学习、深刻领会习近平总书记重要讲话。一致认为，讲话从新时代新征程党和国家事业发展全局的高度，深刻分析大党独有难题的形成原因、主要表现和破解之道，深刻阐述健全全面从严治党体系的目标任务、实践要求，对坚定不移深入推进全面从严治党作出战略部署。讲话高屋建瓴、思想深邃、内涵丰富、论述精辟，充分彰显了习近平总书记高瞻远瞩的战略眼光、无私无我的崇高境界、深切真挚的人民情怀、直面问题的使命担当，具有很强的政治性、指导性、针对性，是深入推进新时代党的建设新的伟大工程的根本遵循，为做好新时代新征程纪检监察工作提供了根本指引。习近平总书记对纪检监察干部队伍寄予殷切期望，提出明确要求。要深入学习贯彻习近平总书记重要讲话精神，自觉把思想和行动统一到党中央决策部署上来，在新时代新征程上一刻不停推进全面从严治党，把党的伟大自我革命进行到底。

全会指出，各级纪检监察机关要把学习贯彻党的二十大精神作为当前和今后一个时期的首要政治任务，深学习、实调研、抓落实，把党的二十大精神学深悟透、融会贯通、落实落地，转化为深入推进新时代新征程纪检监察工作高质量发展的强大奋进力量，转化为坚定不移正风肃纪反腐的具体行动，转化为坚定维护党的先进纯洁、永葆党的生机活力的实际成效。要深入贯彻落实党的二十大关于全面从严治党战略部署，深刻领悟“两个确立”的决定性意义，增强“四个意识”，坚定“四个自信”，坚定不移担负“两个维护”重大政治责任；始终坚持正确政治方向，坚定不移用习近平新时代中国特色社会主义思想统领纪检监察一切工作；学习党章、尊崇党章，坚定不移履行党章赋予的职责；时刻保持解决大党独有难题的清醒和坚定，坚定不移推动健全全面从严治党体系；敢于斗争、善于斗争，坚定不移推动正风肃纪反腐向纵深发展，更好担负起党和人民赋予的使命责任。

全会强调，2023 年是贯彻党的二十大精神的开局之年，是实施“十四五”规划承前启后的关键一年，是为全面建设社会主义现代化国家奠定基础的重要一年。做好纪检监察工作，要坚持以习近平新时代中国特色社会主义思想为指导，全面贯彻落实党的二十大精神，坚决贯彻坚定不移全面从严治党战略部署，认真落实健全全面从严治党体系任务要求，深入开展党风廉政建设和反腐败斗争，深入推进新时代新征程纪检监察工作高质量发展，为全面建设社会主义现代化国家开好局起好步提供坚强保障。

第一，围绕落实党的二十大战略部署强化政治监督。坚定维护党中央集中统一领导，推动各级党组织加强党的政治建设，提高政治判断力、政治领悟力、政治执行力，确保全党在政治立场、政治方向、政治原则、政治道路上同以习近平同志为核心的党中央保持高度一致。严明政治纪律和政治规矩，及时发现、着力解决“七个有之”问题。推进政治监督具体化、精准化、常态化，围绕完整准确全面贯彻新发展理念、加快构建新发展格局、着力推动高质量发展等重大战略部署，围绕党中央因时因势作出的决策部署加强监督检查，确保执行不偏向、不变通、不走样。

第二，推动完善党的自我革命制度规范体系。促进完善党内法规制度体系，研究修订党纪处分条例，推进反腐败国家立法，不断健全完善纪检监察法规制度体系。按照党统一领导、全面覆盖、权威高效的要求，推动完善纪检监察专责监督体系、党内监督体系、各类监督贯通协调机制和基层监督体系，形成监督合力。把日常监督做细做实，使监督常在、形成常态。强化对“一把手”和领导班子监督，督促其严于律己、严负其责、严管所辖。加强与审计机关协调配合，用好审计监督成果。压实全面从严治党政治责任，用好问责利器，既防止问责乏力，也防止问责泛化。

第三，有力发挥政治巡视利剑作用。突出政治巡视定位，全面贯彻中央巡视工作方针，把“两个维护”作为根本任务，把严的要求贯彻到巡视全过程各环节。修订巡视工作条例，制定中央巡视工作五年规划。统筹安排常规巡视、专项巡视、机动巡视和巡视“回头看”，有序推进中央巡视，扎实做好二十届中央第一轮、第二轮巡视。加强巡视整改和成果运用，完善巡视巡察上下联动工作格局。

第四，持续深化落实中央八项规定精神、纠治“四风”。严肃整治损害党的形象、群众反映强烈的享乐主义、奢靡之风，对顶风违纪行为露头就打、从严查处，坚决防反弹回潮、防隐形变异、防疲劳厌战。紧盯反复性顽固性、改头换面、隐蔽隐性问题，加大查处问责力度，坚决破除特权思想和特权行为。重点纠治形式主义、官僚主义，紧盯贯彻党中央重大决策部署不担当、不用力，对政策举措和工作部署片面理解、机械执行、野蛮操作，玩忽职守不作为，任性用权乱作为，权力观异化、政绩观扭曲、事业观偏差等问题，深挖根源、找准症结，精准纠治、增强实效。坚持纠“四风”树新风并举，教育引导党员干部牢记“三个务必”，推进作风建设常态化长效化。

第五，全面加强党的纪律建设。强化经常性纪律教育，融入日常管理监督，促进党员干部增强纪律意识，把党的纪律规矩刻印在心。高度重视年轻领导干部纪律教育。督促指导发生重大违纪违法案件的相关单位党委（党组）召开专题民主生活会，举一反三、以案明纪。严格执行党的纪律规定和规章制度，对违反党纪的问题，发现一起坚决查处一起。精准运用“四种形态”，落实“三个区分开来”，激励干部敢于担当、积极作为，实现政治效果、纪法效果、社会效果有机统一。

第六，坚决打赢反腐败斗争攻坚战持久战。坚持不敢腐、不能腐、不想腐一体推进，更加有力遏制增量，更加有效清除存量。严查重点问题，坚决查处政治问题和经济问题交织的腐败，坚决防止领导干部成为利益集团和权势团体的代言人、代理人，坚决防止政商勾连、资本向政治领域渗透等破坏政治生态和经济发展环境；突出重点领域，深化整治金融、国有企业、政法、粮食购销等权力集中、资金密集、资源富集领域的腐败；紧盯重点对象，把党的十八大以来不收敛不收手、胆大妄为者作为重中之重，严肃查处领导干部配偶、子女及其配偶等亲属和身边工作人员利用影响力谋私贪腐问题。坚决整治各种损害群众利益的腐败问题。坚决查处新型腐败和隐性腐败。坚持受贿行贿一起查，加大对行贿行为惩治力度，营造和弘扬崇尚廉洁、抵制腐败的良好风尚。深化反腐败国际合作，持续开展“天网行动”，一体构建追逃防逃追赃机制。

第七，深入推进纪检监察体制改革。巩固拓展改革成果，一体深化推进党的纪律检查体制改革、国家监察体制改革、纪检监察机构改革，健全统筹推进“三项改革”的领导体制和工作机制。完善派驻监督体系机制，推进派驻机构、派出机构全面运用监察权。通过改革推进力量和资源整合，推动完善信息沟通、线索移送、措施配合、成果共享工作机制。健全党纪国法相互衔接、权威高效的执行机制。

第八，锻造堪当新时代新征程重任的高素质纪检监察干部队伍。强化政治建设，发挥中央纪委常委会表率作用，带动全系统做遵规守纪的模范，打造对党绝对忠诚的纪检监察铁军。强化能力建设，发扬斗争精神，坚定斗争意志，增强斗争本领，用好深学习、实调研、抓落实工作方法，打造敢于善于斗争的纪检监察铁军。强化廉洁建设，把一体推进“三不腐”理念贯穿自身建设，对执纪违纪、执法违法现象零容忍，坚决清除害群之马，坚决防治“灯下黑”，打造自身正自身硬的纪检监察铁军。

全会号召，要更加紧密地团结在以习近平同志为核心的党中央周围，沿着党的二十大指引的方向，弘扬伟大建党精神，自信自强、守正创新，踔厉奋发、勇毅前行，以一往无前的奋斗姿态、永不懈怠的精神状态履职尽责，不断取得全面从严治党、党风廉政建设和反腐败斗争新成效，为全面建设社会主义现代化国家、全面推进中华民族伟大复兴而团结奋斗！

附录二

中国共产党章程

（中国共产党第二十次全国代表大会部分修改，2022 年 10 月 22 日通过）

总 纲

中国共产党是中国工人阶级的先锋队，同时是中国人民和中华民族的先锋队，是中国特色社会主义事业的领导核心，代表中国先进生产力的发展要求，代表中国先进文化的前进方向，代表中国最广大人民的根本利益。党的最高理想和最终目标是实现共产主义。

中国共产党以马克思列宁主义、毛泽东思想、邓小平理论、“三个代表”重要思想、科学发展观、习近平新时代中国特色社会主义思想作为自己的行动指南。

马克思列宁主义揭示了人类社会历史发展的规律，它的基本原理是正确的，具有强大的生命力。中国共产党人追求的共产主义最高理想，只有在社会主义社会充分发展和高度发达的基础上才能实现。社会主义制度的发展和完善是一个长期的历史过程。坚持马克思列宁主义的基本原理，走中国人民自愿选择的适合中国国情的道路，中国的社会主义事业必将取得最终的胜利。

以毛泽东同志为主要代表的中国共产党人，把马克思列宁主义的基本原理同中国革命的具体实践结合起来，创立了毛泽东思想。毛泽东思想是马克思列宁主义在中国的运用和发展，是被实践证明了的关于中国革命和建设的正确的理论原则和经验总结，是中国共产党集体智慧的结晶。在毛泽东思想指引下，中国共产党领导全国各族人民，经过长期的反对帝国主义、封建主义、官僚资本主义的革命斗争，取得了新民主主义革命的胜利，建立了人民民主专政的中华人民共和国；新中国成立以后，顺利地进行了社会主义改造，完成了从新民主主义到社会主义的过渡，确立了社会主义基本制度，发展了社会主义的经济、政治和文化。

十一届三中全会以来，以邓小平同志为主要代表的中国共产党人，总结新中国成立以来正反两方面的经验，解放思想，实事求是，实现全党工作中心向经济建设的转移，实行改革开放，开辟了社会主义事业发展的新时期，逐步形成了建设中国特色社会主义的路线、方针、政策，阐明了在中国建设社会主义、巩固和发展社会主义的基本问题，创立了邓小平理论。邓小平理论是马克思列宁主义的基本原理同当代中国实践和时代特征相结合的产物，是毛泽东思想在新的历史条件下的继承和发展，是马克思主义在中国发展的新阶段，是当代中国的马克思主义，是中国共产党集体智慧的结晶，引导着我国社会主义现代化事业不断前进。

十三届四中全会以来，以江泽民同志为主要代表的中国共产党人，在建设中国特色社会主义的实践中，加深了对什么是社会主义、怎样建设社会主义和建设什么样的党、怎样建设党的认识，积累了治党治国新的宝贵经验，形成了“三个代表”重要思想。“三个代表”重要思想是对马克思列宁主义、毛泽东思想、邓小平理论的继承和发展，反映了当代世界和中国的发展变化对党和国家工作的新要求，是加强和改进党的建设、推进我国社会主义自我完善和发展的强大理论武器，是中国共产党集体智慧的结晶，是党必须长期坚持的指导思想。始终做到“三个代表”，是我们党的立党之本、执政之基、力量之源。

十六大以来，以胡锦涛同志为主要代表的中国共产党人，坚持以邓小平理论和“三个代表”重要思想为指导，根据新的发展要求，深刻认识和回答了新形势下实现什么样的发展、怎样发展等重大问题，形成了以人为本、全面协调可持续发展的科学发展观。科学发展观是同马克思列宁主义、毛泽东思想、邓小平理论、“三个代表”重要思想既一脉相承又与时俱进的科学理论，是马克思主义关于发展的世界观和方法论的集中体现，是马克思主义中国化重大成果，是中国共产党集体智慧的结晶，是发展中国特色社会主义必须长期坚持的指导思想。

十八大以来，以习近平同志为主要代表的中国共产党人，坚持把马克思主义基本原理同中国具体实际相结合、同中华优秀传统文化相结合，科学回答了新时代坚持和发展什么样的中国特色社会主义、怎样坚持和发展中国特色社会主义等重大时代课题，创立了习近平新时代中国特色社会主义思想。习近平新时代中国特色社会主义思想是对马克思列宁主义、毛泽东思想、邓小平理论、“三个代表”重要思想、科学发展观的继承和发展，是当代中国马克思主义、二十一世纪马克思主义，是中华文化和中国精神的时代精华，是党和人民实践经验和集体智慧的结晶，是中国特色社会主义理论体系的重要组成部分，是全党全国人民为实现中华民族伟大复兴而奋斗的行动指南，必须长期坚持并不断发展。在习近平新时代中国特色社会主义思想指导下，中国共产党领导全国各族人民，统揽伟大斗争、伟大工程、伟大事业、伟大梦想，推动中国特色社会主义进入了新时代，实现第一个百年奋斗目标，开启了实现第二个百年奋斗目标新征程。

改革开放以来我们取得一切成绩和进步的根本原因，归结起来就是：开辟了中国特色社会主义道路，形成了中国特色社会主义理论体系，确立了中国特色社会主义制度，发展了中国特色社会主义文化。全党同志要倍加珍惜、长期坚持和不断发展党历经艰辛开创的这条道路、这个理论体系、这个制度、这个文化，高举中国特色社会主义伟大旗帜，坚定道路自信、理论自信、制度自信、文化自信，发扬斗争精神，增强斗争本领，贯彻党的基本理论、基本路线、基本方略，为实现推进现代化建设、完成祖国统一、维护世界和平与促进共同发展这三大历史任务，实现第二个百年奋斗目标、实现中华民族伟大复兴的中国梦而奋斗。

中国共产党自成立以来，始终把为中国人民谋幸福、为中华民族谋复兴作为自己的初心使命，历经百年奋斗，从根本上改变了中国人民的前途命运，开辟了实现中华民族伟大复兴的正确道路，展示了马克思主义的强大生命力，深刻影响了世界历史进程，锻造了走在时代前列的中国共产党。经过长期实践，积累了坚持党的领导、坚持人民至上、坚持理论创新、坚持独立自主、坚持中国道路、坚持胸怀天下、坚持开拓创新、坚持敢于斗争、坚持统一战线、坚持自我革命的宝贵历史经验，这是党和人民共同创造的精神财富，必须倍加珍惜、长期坚持，并在实践中不断丰富和发展。

我国正处于并将长期处于社会主义初级阶段。这是在原本经济文化落后的中国建设社会主义现代化不可逾越的历史阶段，需要上百年的时间。我国的社会主义建设，必须从我国的国情出发，走中国特色社会主义道路，以中国式现代化全面推进中华民族伟大复兴。在现阶段，我国社会的主要矛盾是人民日益增长的美好生活需要和不平衡不充分的发展之间的矛盾。由于国内的因素和国际的影响，阶级斗争还在一定范围内长期存在，在某种条件下还有可能激化，但已经不是主要矛盾。我国社会主义建设的根本任务，是进一步解放生产力，发展生产力，逐步实现社会主义现代化，并且为此而改革生产关系和上层建筑中不适应生产力发展的方面和环节。必须坚持和完善公有制为主体、多种所有制经济共同发展，按劳分配为主体、多种分配方式并存，社会主义市场经济体制等基本经济制度，鼓励一部分地区和一部分人先富起来，逐步实现全体人民共同富裕，在生产发展和社会财富增长的基础上不断满足人民日益增长的美好生活需要，促进人的全面发展。发展是我们党执政兴国的第一要务。必须坚持以人民为中心的发展思想，把握新发展阶段，贯彻创新、协调、绿色、开放、共享的新发展理念，加快构建以国内大循环为主体、国内国际双循环相互促进的新发展格局，推动高质量发展。各项工作都要把有利于发展社会主义社会的生产力，有利于增强社会主义国家的综合国力，有利于提高人民的生活水平，作为总的出发点和检验标准，尊重劳动、尊重知识、尊重人才、尊重创造，做到发展为了人民、发展依靠人民、发展成果由人民共享。必须按照中国特色社会主义事业“五位一体”总体布局和“四个全面”战略布局，统筹推进经济建设、政治建设、文化建设、社会建设、生态文明建设，协调推进全面建设社会主义现代化国家、全面深化改革、全面依法治国、全面从严治党。新时代新征程，经济和社会发展的战略目标是，到二〇三五年基本实现社会主义现代化，到本世纪中叶把我国建成社会主义现代化强国。

中国共产党在社会主义初级阶段的基本路线是：领导和团结全国各族人民，以经济建设为中心，坚持四项基本原则，坚持改革开放，自力更生，艰苦创业，为把我国建设成为富强民主文明和谐美丽的社会主义现代化强国而奋斗。

中国共产党在领导社会主义事业中，必须坚持以经济建设为中心，其他各项工作都服从和服务于这个中心。要实施科教兴国战略、人才强国战略、创新驱动发展战略、乡村振兴战略、区域协调发展战略、可持续发展战略、军民融合发展战略，充分发挥科学技术作为第一生产力的作用，充分发挥人才作为第一资源的作用，充分发挥创新作为引领发展第一动力的作用，依靠科技进步，提高劳动者素质，促进国民经济更高质量、更有效率、更加公平、更可持续、更为安全发展。

坚持社会主义道路、坚持人民民主专政、坚持中国共产党的领导、坚持马克思列宁主义毛泽东思想这四项基本原则，是我们的立国之本。

在社会主义现代化建设的整个过程中，必须坚持四项基本原则，反对资产阶级自由化。

坚持改革开放，是我们的强国之路。只有改革开放，才能发展中国、发展社会主义、发展马克思主义。要全面深化改革，完善和发展中国特色社会主义制度，推进国家治理体系和治理能力现代化。要从根本上改革束缚生产力发展的经济体制，坚持和完善社会主义市场经济体制；与此相适应，要进行政治体制改革和其他领域的改革。要坚持对外开放的基本国策，吸收和借鉴人类社会创造的一切文明成果。改革开放应当大胆探索，勇于开拓，提高改革决策的科学性，更加注重改革的系统性、整体性、协同性，在实践中开创新路。

中国共产党领导人民发展社会主义市场经济。毫不动摇地巩固和发展公有制经济，毫不动摇地鼓励、支持、引导非公有制经济发展。发挥市场在资源配置中的决定性作用，更好发挥政府作用，建立完善的宏观调控体系。统筹城乡发展、区域发展、经济社会发展、人与自然和谐发展、国内发展和对外开放，调整经济结构，转变经济发展方式，推进供给侧结构性改革。促进新型工业化、信息化、城镇化、农业现代化同步发展，建设社会主义新农村，走中国特色新型工业化道路，建设创新型国家和世界科技强国。

中国共产党领导人民发展社会主义民主政治。坚持党的领导、人民当家作主、依法治国有机统一，走中国特色社会主义政治发展道路、中国特色社会主义法治道路，扩大社会主义民主，建设中国特色社会主义法治体系，建设社会主义法治国家，巩固人民民主专政，建设社会主义政治文明。坚持和完善人民代表大会制度、中国共产党领导的多党合作和政治协商制度、民族区域自治制度以及基层群众自治制度。发展更加广泛、更加充分、更加健全的全过程人民民主，推进协商民主广泛多层制度化发展，切实保障人民管理国家事务和社会事务、管理经济和文化事业的权利。尊重和保障人权。广开言路，建立健全民主选举、民主协商、民主决策、民主管理、民主监督的制度和程序。完善中国特色社会主义法律体系，加强法律实施工作，实现国家各项工作法治化。

中国共产党领导人民发展社会主义先进文化。建设社会主义精神文明，实行依法治国和以德治国相结合，提高全民族的思想道德素质和科学文化素质，为改革开放和社会主义现代化建设提供强大的思想保证、精神动力和智力支持，建设社会主义文化强国。加强社会主义核心价值体系建设，坚持马克思主义指导思想，树立中国特色社会主义共同理想，弘扬以爱国主义为核心的民族精神和以改革创新为核心的时代精神，培育和践行社会主义核心价值观，倡导社会主义荣辱观，增强民族自尊、自信和自强精神，抵御资本主义和封建主义腐朽思想的侵蚀，扫除各种社会丑恶现象，努力使我国人民成为有理想、有道德、有文化、有纪律的人民。对党员要进行共产主义远大理想教育。大力发展教育、科学、文化事业，推动中华优秀传统文化创造性转化、创新性发展，继承革命文化，发展社会主义先进文化，提高国家文化软实力。牢牢掌握意识形态工作领导权，不断巩固马克思主义在意识形态领域的指导地位，巩固全党全国人民团结奋斗的共同思想基础。

中国共产党领导人民构建社会主义和谐社会。按照民主法治、公平正义、诚信友爱、充满活力、安定有序、人与自然和谐相处的总要求和共同建设、共同享有的原则，以保障和改善民生为重点，解决好人民最关心、最直接、最现实的利益问题，使发展成果更多更公平惠及全体人民，不断增强人民群众获得感，努力形成全体人民各尽其能、各得其所而又和谐相处的局面。加强和创新社会治理。严格区分和正确处理敌我矛盾和人民内部矛盾这两类不同性质的矛盾。加强社会治安综合治理，依法坚决打击各种危害国家安全和利益、危害社会稳定和经济发展的犯罪活动和犯罪分子，保持社会长期稳定。坚持总体国家安全观，统筹发展和安全，坚决维护国家主权、安全、发展利益。

中国共产党领导人民建设社会主义生态文明。树立尊重自然、顺应自然、保护自然的生态文明理念，增强绿水青山就是金山银山的意识，坚持节约资源和保护环境的基本国策，坚持节约优先、保护优先、自然恢复为主的方针，坚持生产发展、生活富裕、生态良好的文明发展道路。着力建设资源节约型、环境友好型社会，实行最严格的生态环境保护制度，形成节约资源和保护环境的空间格局、产业结构、生产方式、生活方式，为人民创造良好生产生活环境，实现中华民族永续发展。

中国共产党坚持对人民解放军和其他人民武装力量的绝对领导，贯彻习近平强军思想，加强人民解放军的建设，坚持政治建军、改革强军、科技强军、人才强军、依法治军，建设一支听党指挥、能打胜仗、作风优良的人民军队，把人民军队建设成为世界一流军队，切实保证人民解放军有效履行新时代军队使命任务，充分发挥人民解放军在巩固国防、保卫祖国和参加社会主义现代化建设中的作用。

中国共产党维护和发展平等团结互助和谐的社会主义民族关系，积极培养、选拔少数民族干部，帮助少数民族和民族地区发展经济、文化和社会事业，铸牢中华民族共同体意识，实现各民族共同团结奋斗、共同繁荣发展。全面贯彻党的宗教工作基本方针，团结信教群众为经济社会发展作贡献。

中国共产党同全国各民族工人、农民、知识分子团结在一起，同各民主党派、无党派人士、各民族的爱国力量团结在一起，进一步发展和壮大由全体社会主义劳动者、社会主义事业的建设者、拥护社会主义的爱国者、拥护祖国统一和致力于中华民族伟大复兴的爱国者组成的最广泛的爱国统一战线。不断加强全国人民包括香港特别行政区同胞、澳门特别行政区同胞、台湾同胞和海外侨胞的团结。全面准确、坚定不移贯彻“一个国家、两种制度”的方针，促进香港、澳门长期繁荣稳定，坚决反对和遏制“台独”，完成祖国统一大业。

中国共产党坚持独立自主的和平外交政策，坚持和平发展道路，坚持互利共赢的开放战略，统筹国内国际两个大局，积极发展对外关系，努力为我国的改革开放和现代化建设争取有利的国际环境。在国际事务中，弘扬和平、发展、公平、正义、民主、自由的全人类共同价值，坚持正确义利观，维护我国的独立和主权，反对霸权主义和强权政治，维护世界和平，促进人类进步，推动构建人类命运共同体，推动建设持久和平、普遍安全、共同繁荣、开放包容、清洁美丽的世界。在互相尊重主权和领土完整、互不侵犯、互不干涉内政、平等互利、和平共处五项原则的基础上，发展我国同世界各国的关系。不断发展我国同周边国家的睦邻友好关系，加强同发展中国家的团结与合作。遵循共商共建共享原则，推进“一带一路”建设。按照独立自主、完全平等、互相尊重、互不干涉内部事务的原则，发展我党同各国共产党和其他政党的关系。

中国共产党要领导全国各族人民实现第二个百年奋斗目标、实现中华民族伟大复兴的中国梦，必须紧密围绕党的基本路线，坚持和加强党的全面领导，坚持党要管党、全面从严治党，弘扬坚持真理、坚守理想，践行初心、担当使命，不怕牺牲、英勇斗争，对党忠诚、不负人民的伟大建党精神，加强党的长期执政能力建设、先进性和纯洁性建设，以改革创新精神全面推进党的建设新的伟大工程，以党的政治建设为统领，全面推进党的政治建设、思想建设、组织建设、作风建设、纪律建设，把制度建设贯穿其中，深入推进反腐败斗争，全面提高党的建设科学化水平，以伟大自我革命引领伟大社会革命。坚持立党为公、执政为民，发扬党的优良传统和作风，不断提高党的领导水平和执政水平，提高拒腐防变和抵御风险的能力，不断增强自我净化、自我完善、自我革新、自我提高能力，不断增强党的阶级基础和扩大党的群众基础，不断提高党的创造力、凝聚力、战斗力，建设学习型、服务型、创新型的马克思主义执政党，使我们党始终走在时代前列，成为领导全国人民沿着中国特色社会主义道路不断前进的坚强核心。党的建设必须坚决实现以下六项基本要求：

第一，坚持党的基本路线。全党要用邓小平理论、“三个代表”重要思想、科学发展观、习近平新时代中国特色社会主义思想和党的基本路线统一思想，统一行动，并且毫不动摇地长期坚持下去。必须把改革开放同四项基本原则统一起来，全面落实党的基本路线，反对一切“左”的和右的错误倾向，要警惕右，但主要是防止“左”。必须提高政治判断力、政治领悟力、政治执行力，增强贯彻落实党的理论和路线方针政策的自觉性和坚定性。

第二，坚持解放思想，实事求是，与时俱进，求真务实。党的思想路线是一切从实际出发，理论联系实际，实事求是，在实践中检验真理和发展真理。全党必须坚持这条思想路线，积极探索，大胆试验，开拓创新，创造性地开展工作，不断研究新情况，总结新经验，解决新问题，在实践中丰富和发展马克思主义，推进马克思主义中国化时代化。

第三，坚持新时代党的组织路线。全面贯彻习近平新时代中国特色社会主义思想，以组织体系建设为重点，着力培养忠诚干净担当的高素质干部，着力集聚爱国奉献的各方面优秀人才，坚持德才兼备、以德为先、任人唯贤，为坚持和加强党的全面领导、坚持和发展中国特色社会主义提供坚强组织保证。全党必须增强党组织的政治功能和组织功能，培养选拔党和人民需要的好干部，培养和造就大批堪当时代重任的社会主义事业接班人，聚天下英才而用之，从组织上保证党的基本理论、基本路线、基本方略的贯彻落实。

第四，坚持全心全意为人民服务。党除了工人阶级和最广大人民群众的利益，没有自己特殊的利益。党在任何时候都把群众利益放在第一位，同群众同甘共苦，保持最密切的联系，坚持权为民所用、情为民所系、利为民所谋，不允许任何党员脱离群众，凌驾于群众之上。

我们党的最大政治优势是密切联系群众，党执政后的最大危险是脱离群众。党风问题、党同人民群众联系问题是关系党生死存亡的问题。党在自己的工作中实行群众路线，一切为了群众，一切依靠群众，从群众中来，到群众中去，把党的正确主张变为群众的自觉行动。

第五，坚持民主集中制。民主集中制是民主基础上的集中和集中指导下的民主相结合。它既是党的根本组织原则，也是群众路线在党的生活中的运用。必须充分发扬党内民主，尊重党员主体地位，保障党员民主权利，发挥各级党组织和广大党员的积极性创造性。必须实行正确的集中，牢固树立政治意识、大局意识、核心意识、看齐意识，坚定维护以习近平同志为核心的党中央权威和集中统一领导，保证全党的团结统一和行动一致，保证党的决定得到迅速有效的贯彻执行。加强和规范党内政治生活，增强党内政治生活的政治性、时代性、原则性、战斗性，发展积极健康的党内政治文化，营造风清气正的良好政治生态。党在自己的政治生活中正确地开展批评和自我批评，在原则问题上进行思想斗争，坚持真理，修正错误。努力造成又有集中又有民主，又有纪律又有自由，又有统一意志又有个人心情舒畅生动活泼的政治局面。

第六，坚持从严管党治党。全面从严治党永远在路上，党的自我革命永远在路上。新形势下，党面临的执政考验、改革开放考验、市场经济考验、外部环境考验是长期的、复杂的、严峻的，精神懈怠危险、能力不足危险、脱离群众危险、消极腐败危险更加尖锐地摆在全党面前。要把严的标准、严的措施贯穿于管党治党全过程和各方面。坚持依规治党、标本兼治，不断健全党内法规体系，坚持把纪律挺在前面，加强组织性纪律性，在党的纪律面前人人平等。强化全面从严治党主体责任和监督责任，加强对党的领导机关和党员领导干部特别是主要领导干部的监督，不断完善党内监督体系。深入推进党风廉政建设和反腐败斗争，以零容忍态度惩治腐败，一体推进不敢腐、不能腐、不想腐。

中国共产党的领导是中国特色社会主义最本质的特征，是中国特色社会主义制度的最大优势，党是最高政治领导力量。党政军民学，东西南北中，党是领导一切的。党要适应改革开放和社会主义现代化建设的要求，坚持科学执政、民主执政、依法执政，加强和改善党的领导。党必须按照总揽全局、协调各方的原则，在同级各种组织中发挥领导核心作用。党必须集中精力领导经济建设，组织、协调各方面的力量，同心协力，围绕经济建设开展工作，促进经济社会全面发展。党必须实行民主的科学的决策，制定和执行正确的路线、方针、政策，做好党的组织工作和宣传教育工作，发挥全体党员的先锋模范作用。党必须在宪法和法律的范围内活动。党必须保证国家的立法、司法、行政、监察机关，经济、文化组织和人民团体积极主动地、独立负责地、协调一致地工作。党必须加强对工会、共产主义青年团、妇女联合会等群团组织的领导，使它们保持和增强政治性、先进性、群众性，充分发挥作用。党必须适应形势的发展和情况的变化，完善领导体制，改进领导方式，增强执政能力。共产党员必须同党外群众亲密合作，共同为建设中国特色社会主义而奋斗。

第一章　党　员

第一条　年满十八岁的中国工人、农民、军人、知识分子和其他社会阶层的先进分子，承认党的纲领和章程，愿意参加党的一个组织并在其中积极工作、执行党的决议和按期交纳党费的，可以申请加入中国共产党。

第二条　中国共产党党员是中国工人阶级的有共产主义觉悟的先锋战士。

中国共产党党员必须全心全意为人民服务，不惜牺牲个人的一切，为实现共产主义奋斗终身。

中国共产党党员永远是劳动人民的普通一员。除了法律和政策规定范围内的个人利益和工作职权以外，所有共产党员都不得谋求任何私利和特权。

第三条　党员必须履行下列义务：

（一）认真学习马克思列宁主义、毛泽东思想、邓小平理论、“三个代表”重要思想、科学发展观、习近平新时代中国特色社会主义思想，学习党的路线、方针、政策和决议，学习党的基本知识和党的历史，学习科学、文化、法律和业务知识，努力提高为人民服务的本领。

（二）增强“四个意识”、坚定“四个自信”、做到“两个维护”，贯彻执行党的基本路线和各项方针、政策，带头参加改革开放和社会主义现代化建设，带动群众为经济发展和社会进步艰苦奋斗，在生产、工作、学习和社会生活中起先锋模范作用。

（三）坚持党和人民的利益高于一切，个人利益服从党和人民的利益，吃苦在前，享受在后，克己奉公，多做贡献。

（四）自觉遵守党的纪律，首先是党的政治纪律和政治规矩，模范遵守国家的法律法规，严格保守党和国家的秘密，执行党的决定，服从组织分配，积极完成党的任务。

（五）维护党的团结和统一，对党忠诚老实，言行一致，坚决反对一切派别组织和小集团活动，反对阳奉阴违的两面派行为和一切阴谋诡计。

（六）切实开展批评和自我批评，勇于揭露和纠正违反党的原则的言行和工作中的缺点、错误，坚决同消极腐败现象作斗争。

（七）密切联系群众，向群众宣传党的主张，遇事同群众商量，及时向党反映群众的意见和要求，维护群众的正当利益。

（八）发扬社会主义新风尚，带头实践社会主义核心价值观和社会主义荣辱观，提倡共产主义道德，弘扬中华民族传统美德，为了保护国家和人民的利益，在一切困难和危险的时刻挺身而出，英勇斗争，不怕牺牲。

第四条 党员享有下列权利：

（一）参加党的有关会议，阅读党的有关文件，接受党的教育和培训。

（二）在党的会议上和党报党刊上，参加关于党的政策问题的讨论。

（三）对党的工作提出建议和倡议。

（四）在党的会议上有根据地批评党的任何组织和任何党员，向党负责地揭发、检举党的任何组织和任何党员违法乱纪的事实，要求处分违法乱纪的党员，要求罢免或撤换不称职的干部。

（五）行使表决权、选举权，有被选举权。

（六）在党组织讨论决定对党员的党纪处分或作出鉴定时，本人有权参加和进行申辩，其他党员可以为他作证和辩护。

（七）对党的决议和政策如有不同意见，在坚决执行的前提下，可以声明保留，并且可以把自己的意见向党的上级组织直至中央提出。

（八）向党的上级组织直至中央提出请求、申诉和控告，并要求有关组织给以负责的答复。

党的任何一级组织直至中央都无权剥夺党员的上述权利。

第五条 发展党员，必须把政治标准放在首位，经过党的支部，坚持个别吸收的原则。

申请入党的人，要填写入党志愿书，要有两名正式党员作介绍人，要经过支部大会通过和上级党组织批准，并且经过预备期的考察，才能成为正式党员。

介绍人要认真了解申请人的思想、品质、经历和工作表现，向他解释党的纲领和党的章程，说明党员的条件、义务和权利，并向党组织作出负责的报告。

党的支部委员会对申请入党的人，要注意征求党内外有关群众的意见，进行严格的审查，认为合格后再提交支部大会讨论。

上级党组织在批准申请人入党以前，要派人同他谈话，作进一步的了解，并帮助他提高对党的认识。

在特殊情况下，党的中央和省、自治区、直辖市委员会可以直接接收党员。

第六条 预备党员必须面向党旗进行入党宣誓。誓词如下：我志愿加入中国共产党，拥护党的纲领，遵守党的章程，履行党员义务，执行党的决定，严守党的纪律，保守党的秘密，对党忠诚，积极工作，为共产主义奋斗终身，随时准备为党和人民牺牲一切，永不叛党。

第七条 预备党员的预备期为一年。党组织对预备党员应当认真教育和考察。

预备党员的义务同正式党员一样。预备党员的权利，除了没有表决权、选举权和被选举权以外，也同正式党员一样。

预备党员预备期满，党的支部应当及时讨论他能否转为正式党员。认真履行党员义务，具备党员条件的，应当按期转为正式党员；需要继续考察和教育的，可以延长预备期，但不能超过一年；不履行党员义务，不具备党员条件的，应当取消预备党员资格。预备党员转为正式党员，或延长预备期，或取消预备党员资格，都应当经支部大会讨论通过和上级党组织批准。

预备党员的预备期，从支部大会通过他为预备党员之日算起。党员的党龄，从预备期满转为正式党员之日算起。

第八条 每个党员，不论职务高低，都必须编入党的一个支部、小组或其他特定组织，参加党的组织生活，接受党内外群众的监督。党员领导干部还必须参加党委、党组的民主生活会。不允许有任何不参加党的组织生活、不接受党内外群众监督的特殊党员。

第九条 党员有退党的自由。党员要求退党，应当经支部大会讨论后宣布除名，并报上级党组织备案。

党员缺乏革命意志，不履行党员义务，不符合党员条件，党的支部应当对他进行教育，要求他限期改正；经教育仍无转变的，应当劝他退党。劝党员退党，应当经支部大会讨论决定，并报上级党组织批准。如被劝告退党的党员坚持不退，应当提交支部大会讨论，决定把他除名，并报上级党组织批准。

党员如果没有正当理由，连续六个月不参加党的组织生活，或不交纳党费，或不做党所分配的工作，就被认为是自行脱党。支部大会应当决定把这样的党员除名，并报上级党组织批准。

第二章　党的组织制度

第十条　党是根据自己的纲领和章程，按照民主集中制组织起来的统一整体。党的民主集中制的基本原则是：

（一）党员个人服从党的组织，少数服从多数，下级组织服从上级组织，全党各个组织和全体党员服从党的全国代表大会和中央委员会。

（二）党的各级领导机关，除它们派出的代表机关和在非党组织中的党组外，都由选举产生。

（三）党的最高领导机关，是党的全国代表大会和它所产生的中央委员会。党的地方各级领导机关，是党的地方各级代表大会和它们所产生的委员会。党的各级委员会向同级的代表大会负责并报告工作。

（四）党的上级组织要经常听取下级组织和党员群众的意见，及时解决他们提出的问题。党的下级组织既要向上级组织请示和报告工作，又要独立负责地解决自己职责范围内的问题。上下级组织之间要互通情报、互相支持和互相监督。党的各级组织要按规定实行党务公开，使党员对党内事务有更多的了解和参与。

（五）党的各级委员会实行集体领导和个人分工负责相结合的制度。凡属重大问题都要按照集体领导、民主集中、个别酝酿、会议决定的原则，由党的委员会集体讨论，作出决定；委员会成员要根据集体的决定和分工，切实履行自己的职责。

（六）党禁止任何形式的个人崇拜。要保证党的领导人的活动处于党和人民的监督之下，同时维护一切代表党和人民利益的领导人的威信。

第十一条　党的各级代表大会的代表和委员会的产生，要体现选举人的意志。选举采用无记名投票的方式。候选人名单要由党组织和选举人充分酝酿讨论。可以直接采用候选人数多于应选人数的差额选举办法进行正式选举。也可以先采用差额选举办法进行预选，产生候选人名单，然后进行正式选举。选举人有了解候选人情况、要求改变候选人、不选任何一个候选人和另选他人的权利。任何组织和个人不得以任何方式强迫选举人选举或不选举某个人。

党的地方各级代表大会和基层代表大会的选举，如果发生违反党章的情况，上一级党的委员会在调查核实后，应作出选举无效和采取相应措施的决定，并报再上一级党的委员会审查批准，正式宣布执行。

党的各级代表大会代表实行任期制。

第十二条　党的中央和地方各级委员会在必要时召集代表会议，讨论和决定需要及时解决的重大问题。代表会议代表的名额和产生办法，由召集代表会议的委员会决定。

第十三条　凡是成立党的新组织，或是撤销党的原有组织，必须由上级党组织决定。

在党的地方各级代表大会和基层代表大会闭会期间，上级党的组织认为有必要时，可以调动或者指派下级党组织的负责人。

党的中央和地方各级委员会可以派出代表机关。

第十四条　党的中央和省、自治区、直辖市委员会实行巡视制度，在一届任期内，对所管理的地方、部门、企事业单位党组织实现巡视全覆盖。

中央有关部委和国家机关部门党组（党委）根据工作需要，开展巡视工作。

党的市（地、州、盟）和县（市、区、旗）委员会建立巡察制度。

第十五条 党的各级领导机关，对同下级组织有关的重要问题作出决定时，在通常情况下，要征求下级组织的意见。要保证下级组织能够正常行使他们的职权。凡属应由下级组织处理的问题，如无特殊情况，上级领导机关不要干预。

第十六条 有关全国性的重大政策问题，只有党中央有权作出决定，各部门、各地方的党组织可以向中央提出建议，但不得擅自作出决定和对外发表主张。

党的下级组织必须坚决执行上级组织的决定。下级组织如果认为上级组织的决定不符合本地区、本部门的实际情况，可以请求改变；如果上级组织坚持原决定，下级组织必须执行，并不得公开发表不同意见，但有权向再上一级组织报告。

党的各级组织的报刊和其他宣传工具，必须宣传党的路线、方针、政策和决议。

第十七条 党组织讨论决定问题，必须执行少数服从多数的原则。决定重要问题，要进行表决。对于少数人的不同意见，应当认真考虑。如对重要问题发生争论，双方人数接近，除了在紧急情况下必须按多数意见执行外，应当暂缓作出决定，进一步调查研究，交换意见，下次再表决；在特殊情况下，也可将争论情况向上级组织报告，请求裁决。

党员个人代表党组织发表重要主张，如果超出党组织已有决定的范围，必须提交所在的党组织讨论决定，或向上级党组织请示。任何党员不论职务高低，都不能个人决定重大问题；如遇紧急情况，必须由个人作出决定时，事后要迅速向党组织报告。不允许任何领导人实行个人专断和把个人凌驾于组织之上。

第十八条 党的中央、地方和基层组织，都必须重视党的建设，经常讨论和检查党的宣传工作、教育工作、组织工作、纪律检查工作、群众工作、统一战线工作等，注意研究党内外的思想政治状况。

第三章　党的中央组织

第十九条　党的全国代表大会每五年举行一次，由中央委员会召集。中央委员会认为有必要，或者有三分之一以上的省一级组织提出要求，全国代表大会可以提前举行；如无非常情况，不得延期举行。

全国代表大会代表的名额和选举办法，由中央委员会决定。

第二十条　党的全国代表大会的职权是：

（一）听取和审查中央委员会的报告；

（二）审查中央纪律检查委员会的报告；

（三）讨论并决定党的重大问题；

（四）修改党的章程；

（五）选举中央委员会；

（六）选举中央纪律检查委员会。

第二十一条　党的全国代表会议的职权是：讨论和决定重大问题；调整和增选中央委员会、中央纪律检查委员会的部分成员。调整和增选中央委员及候补中央委员的数额，不得超过党的全国代表大会选出的中央委员及候补中央委员各自总数的五分之一。

第二十二条　党的中央委员会每届任期五年。全国代表大会如提前或延期举行，它的任期相应地改变。中央委员会委员和候补委员必须有五年以上的党龄。中央委员会委员和候补委员的名额，由全国代表大会决定。中央委员会委员出缺，由中央委员会候补委员按照得票多少依次递补。

中央委员会全体会议由中央政治局召集，每年至少举行一次。中央政治局向中央委员会全体会议报告工作，接受监督。

在全国代表大会闭会期间，中央委员会执行全国代表大会的决议，领导党的全部工作，对外代表中国共产党。

第二十三条 党的中央政治局、中央政治局常务委员会和中央委员会总书记，由中央委员会全体会议选举。中央委员会总书记必须从中央政治局常务委员会委员中产生。

中央政治局和它的常务委员会在中央委员会全体会议闭会期间，行使中央委员会的职权。

中央书记处是中央政治局和它的常务委员会的办事机构；成员由中央政治局常务委员会提名，中央委员会全体会议通过。

中央委员会总书记负责召集中央政治局会议和中央政治局常务委员会会议，并主持中央书记处的工作。

党的中央军事委员会组成人员由中央委员会决定，中央军事委员会实行主席负责制。

每届中央委员会产生的中央领导机构和中央领导人，在下届全国代表大会开会期间，继续主持党的经常工作，直到下届中央委员会产生新的中央领导机构和中央领导人为止。

第二十四条 中国人民解放军的党组织，根据中央委员会的指示进行工作。中央军事委员会负责军队中党的工作和政治工作，对军队中党的组织体制和机构作出规定。

第四章 党的地方组织

第二十五条 党的省、自治区、直辖市的代表大会，设区的市和自治州的代表大会，县（旗）、自治县、不设区的市和市辖区的代表大会，每五年举行一次。

党的地方各级代表大会由同级党的委员会召集。在特殊情况下，经上一级委员会批准，可以提前或延期举行。

党的地方各级代表大会代表的名额和选举办法，由同级党的委员会决定，并报上一级党的委员会批准。

第二十六条　党的地方各级代表大会的职权是：

（一）听取和审查同级委员会的报告；

（二）审查同级纪律检查委员会的报告；

（三）讨论本地区范围内的重大问题并作出决议；

（四）选举同级党的委员会，选举同级党的纪律检查委员会。

第二十七条　党的省、自治区、直辖市、设区的市和自治州的委员会，每届任期五年。这些委员会的委员和候补委员必须有五年以上的党龄。

党的县（旗）、自治县、不设区的市和市辖区的委员会，每届任期五年。这些委员会的委员和候补委员必须有三年以上的党龄。

党的地方各级代表大会如提前或延期举行，由它选举的委员会的任期相应地改变。

党的地方各级委员会的委员和候补委员的名额，分别由上一级委员会决定。党的地方各级委员会委员出缺，由候补委员按照得票多少依次递补。

党的地方各级委员会全体会议，每年至少召开两次。

党的地方各级委员会在代表大会闭会期间，执行上级党组织的指示和同级党代表大会的决议，领导本地方的工作，定期向上级党的委员会报告工作。

第二十八条　党的地方各级委员会全体会议，选举常务委员会和书记、副书记，并报上级党的委员会批准。党的地方各级委员会的常务委员会，在委员会全体会议闭会期间，行使委员会职权；在下届代表大会开会期间，继续主持经常工作，直到新的常务委员会产生为止。

党的地方各级委员会的常务委员会定期向委员会全体会议报告工作，接受监督。

第二十九条　党的地区委员会和相当于地区委员会的组织，是党的省、自治区委员会在几个县、自治县、市范围内派出的代表机关。

它根据省、自治区委员会的授权，领导本地区的工作。

第五章　党的基层组织

第三十条　企业、农村、机关、学校、医院、科研院所、街道社区、社会组织、人民解放军连队和其他基层单位，凡是有正式党员三人以上的，都应当成立党的基层组织。

党的基层组织，根据工作需要和党员人数，经上级党组织批准，分别设立党的基层委员会、总支部委员会、支部委员会。基层委员会由党员大会或代表大会选举产生，总支部委员会和支部委员会由党员大会选举产生，提出委员候选人要广泛征求党员和群众的意见。

第三十一条　党的基层委员会、总支部委员会、支部委员会每届任期三年至五年。基层委员会、总支部委员会、支部委员会的书记、副书记选举产生后，应报上级党组织批准。

第三十二条　党的基层组织是党在社会基层组织中的战斗堡垒，是党的全部工作和战斗力的基础。它的基本任务是：

（一）宣传和执行党的路线、方针、政策，宣传和执行党中央、上级组织和本组织的决议，充分发挥党员的先锋模范作用，积极创先争优，团结、组织党内外的干部和群众，努力完成本单位所担负的任务。

（二）组织党员认真学习马克思列宁主义、毛泽东思想、邓小平理论、“三个代表”重要思想、科学发展观、习近平新时代中国特色社会主义思想，推进“两学一做”学习教育、党史学习教育常态化制度化，学习党的路线、方针、政策和决议，学习党的基本知识，学习科学、文化、法律和业务知识。

（三）对党员进行教育、管理、监督和服务，提高党员素质，坚定理想信念，增强党性，严格党的组织生活，开展批评和自我批评，维护和执行党的纪律，监督党员切实履行义务，保障党员的权利不受侵犯。加强和改进流动党员管理。

（四）密切联系群众，经常了解群众对党员、党的工作的批评和意见，维护群众的正当权利和利益，做好群众的思想政治工作。

（五）充分发挥党员和群众的积极性创造性，发现、培养和推荐他们中间的优秀人才，鼓励和支持他们在改革开放和社会主义现代化建设中贡献自己的聪明才智。

（六）对要求入党的积极分子进行教育和培养，做好经常性的发展党员工作，重视在生产、工作第一线和青年中发展党员。

（七）监督党员干部和其他任何工作人员严格遵守国家法律法规，严格遵守国家的财政经济法规和人事制度，不得侵占国家、集体和群众的利益。

（八）教育党员和群众自觉抵制不良倾向，坚决同各种违纪违法行为作斗争。

第三十三条 街道、乡、镇党的基层委员会和村、社区党组织，统一领导本地区基层各类组织和各项工作，加强基层社会治理，支持和保证行政组织、经济组织和群众性自治组织充分行使职权。

国有企业党委（党组）发挥领导作用，把方向、管大局、保落实，依照规定讨论和决定企业重大事项。国有企业和集体企业中党的基层组织，围绕企业生产经营开展工作。保证监督党和国家的方针、政策在本企业的贯彻执行；支持股东会、董事会、监事会和经理（厂长）依法行使职权；全心全意依靠职工群众，支持职工代表大会开展工作；参与企业重大问题的决策；加强党组织的自身建设，领导思想政治工作、精神文明建设、统一战线工作和工会、共青团、妇女组织等群团组织。

非公有制经济组织中党的基层组织，贯彻党的方针政策，引导和监督企业遵守国家的法律法规，领导工会、共青团等群团组织，团结凝聚职工群众，维护各方的合法权益，促进企业健康发展。

社会组织中党的基层组织，宣传和执行党的路线、方针、政策，领导工会、共青团等群团组织，教育管理党员，引领服务群众，推动事业发展。

实行行政领导人负责制的事业单位中党的基层组织，发挥战斗堡垒作用。实行党委领导下的行政领导人负责制的事业单位中党的基层组织，对重大问题进行讨论和作出决定，同时保证行政领导人充分行使自己的职权。

各级党和国家机关中党的基层组织，协助行政负责人完成任务，改进工作，对包括行政负责人在内的每个党员进行教育、管理、监督，不领导本单位的业务工作。

第三十四条 党支部是党的基础组织，担负直接教育党员、管理党员、监督党员和组织群众、宣传群众、凝聚群众、服务群众的职责。

第六章 党的干部

第三十五条 党的干部是党的事业的骨干，是人民的公仆，要做到忠诚干净担当。党按照德才兼备、以德为先的原则选拔干部，坚持五湖四海、任人唯贤，坚持事业为上、公道正派，反对任人唯亲，努力实现干部队伍的革命化、年轻化、知识化、专业化。

党重视教育、培训、选拔、考核和监督干部，特别是培养、选拔优秀年轻干部。积极推进干部制度改革。

党重视培养、选拔女干部和少数民族干部。

第三十六条 党的各级领导干部必须信念坚定、为民服务、勤政务实、敢于担当、清正廉洁，模范地履行本章程第三条所规定的党员的各项义务，并且必须具备以下的基本条件：

（一）具有履行职责所需要的马克思列宁主义、毛泽东思想、邓小平理论、“三个代表”重要思想、科学发展观的水平，带头贯彻落实习近平新时代中国特色社会主义思想，努力用马克思主义的立场、观点、方法分析和解决实际问题，坚持讲学习、讲政治、讲正气，经得起各种风浪的考验。

（二）具有共产主义远大理想和中国特色社会主义坚定信念，坚决执行党的基本路线和各项方针、政策，立志改革开放，献身现代化事业，在社会主义建设中艰苦创业，树立正确政绩观，做出经得起实践、人民、历史检验的实绩。

（三）坚持解放思想，实事求是，与时俱进，开拓创新，认真调查研究，能够把党的方针、政策同本地区、本部门的实际相结合，卓有成效地开展工作，讲实话，办实事，求实效。

（四）有强烈的革命事业心和政治责任感，有实践经验，有胜任领导工作的组织能力、文化水平和专业知识。

（五）正确行使人民赋予的权力，坚持原则，依法办事，清正廉洁，勤政为民，以身作则，艰苦朴素，密切联系群众，坚持党的群众路线，自觉地接受党和群众的批评和监督，加强道德修养，讲党性、重品行、作表率，做到自重、自省、自警、自励，反对形式主义、官僚主义、享乐主义和奢靡之风，反对特权思想和特权现象，反对任何滥用职权、谋求私利的行为。

（六）坚持和维护党的民主集中制，有民主作风，有全局观念，善于团结同志，包括团结同自己有不同意见的同志一道工作。

第三十七条　党员干部要善于同党外干部合作共事，尊重他们，虚心学习他们的长处。

党的各级组织要善于发现和推荐有真才实学的党外干部担任领导工作，保证他们有职有权，充分发挥他们的作用。

第三十八条　党的各级领导干部，无论是由民主选举产生的，或是由领导机关任命的，他们的职务都不是终身的，都可以变动或解除。

年龄和健康状况不适宜于继续担任工作的干部，应当按照国家的规定退、离休。

第七章　党的纪律

第三十九条　党的纪律是党的各级组织和全体党员必须遵守的行为规则，是维护党的团结统一、完成党的任务的保证。党组织必须严格执行和维护党的纪律，共产党员必须自觉接受党的纪律的约束。

第四十条　党的纪律主要包括政治纪律、组织纪律、廉洁纪律、群众纪律、工作纪律、生活纪律。

坚持惩前毖后、治病救人，执纪必严、违纪必究，抓早抓小、防微杜渐，按照错误性质和情节轻重，给以批评教育、责令检查、诫勉直至纪律处分。运用监督执纪“四种形态”，让“红红脸、出出汗”成为常态，党纪处分、组织调整成为管党治党的重要手段，严重违纪、严重触犯刑律的党员必须开除党籍。

党内严格禁止用违反党章和国家法律的手段对待党员，严格禁止打击报复和诬告陷害。违反这些规定的组织或个人必须受到党的纪律和国家法律的追究。

第四十一条　对党员的纪律处分有五种：警告、严重警告、撤销党内职务、留党察看、开除党籍。

留党察看最长不超过两年。党员在留党察看期间没有表决权、选举权和被选举权。党员经过留党察看，确已改正错误的，应当恢复其党员的权利；坚持错误不改的，应当开除党籍。

开除党籍是党内的最高处分。各级党组织在决定或批准开除党员党籍的时候，应当全面研究有关的材料和意见，采取十分慎重的态度。

第四十二条　对党员的纪律处分，必须经过支部大会讨论决定，报党的基层委员会批准；如果涉及的问题比较重要或复杂，或给党员以开除党籍的处分，应分别不同情况，报县级或县级以上党的纪律检查委员会审查批准。在特殊情况下，县级和县级以上各级党的委员会和纪律检查委员会有权直接决定给党员以纪律处分。

对党的中央委员会委员、候补委员，给以警告、严重警告处分，由中央纪律检查委员会常务委员会审议后，报党中央批准。对地方各级党的委员会委员、候补委员，给以警告、严重警告处分，应由上一级纪律检查委员会批准，并报它的同级党的委员会备案。

对党的中央委员会和地方各级委员会的委员、候补委员，给以撤销党内职务、留党察看或开除党籍的处分，必须由本人所在的委员会全体会议三分之二以上的多数决定。在全体会议闭会期间，可以先由中央政治局和地方各级委员会常务委员会作出处理决定，待召开委员会全体会议时予以追认。对地方各级委员会委员和候补委员的上述处分，必须经过上级纪律检查委员会常务委员会审议，由这一级纪律检查委员会报同级党的委员会批准。

严重触犯刑律的中央委员会委员、候补委员，由中央政治局决定开除其党籍；严重触犯刑律的地方各级委员会委员、候补委员，由同级委员会常务委员会决定开除其党籍。

第四十三条　党组织对党员作出处分决定，应当实事求是地查清事实。处分决定所依据的事实材料和处分决定必须同本人见面，听取本人说明情况和申辩。如果本人对处分决定不服，可以提出申诉，有关党组织必须负责处理或者迅速转递，不得扣压。对于确属坚持错误意见和无理要求的人，要给以批评教育。

第四十四条　党组织如果在维护党的纪律方面失职，必须问责。

对于严重违犯党的纪律、本身又不能纠正的党组织，上一级党的委员会在查明核实后，应根据情节严重的程度，作出进行改组或予以解散的决定，并报再上一级党的委员会审查批准，正式宣布执行。

第八章　党的纪律检查机关

第四十五条　党的中央纪律检查委员会在党的中央委员会领导下进行工作。党的地方各级纪律检查委员会和基层纪律检查委员会在同级党的委员会和上级纪律检查委员会双重领导下进行工作。上级党的纪律检查委员会加强对下级纪律检查委员会的领导。

党的各级纪律检查委员会每届任期和同级党的委员会相同。

党的中央纪律检查委员会全体会议，选举常务委员会和书记、副书记，并报党的中央委员会批准。党的地方各级纪律检查委员会全体会议，选举常务委员会和书记、副书记，并由同级党的委员会通过，报上级党的委员会批准。党的基层委员会是设立纪律检查委员会，还是设立纪律检查委员，由它的上一级党组织根据具体情况决定。党的总支部委员会和支部委员会设纪律检查委员。

党的中央和地方纪律检查委员会向同级党和国家机关全面派驻党的纪律检查组，按照规定向有关国有企业、事业单位派驻党的纪律检查组。纪律检查组组长参加驻在单位党的领导组织的有关会议。他们的工作必须受到该单位党的领导组织的支持。

第四十六条 党的各级纪律检查委员会是党内监督专责机关，主要任务是：维护党的章程和其他党内法规，检查党的路线、方针、政策和决议的执行情况，协助党的委员会推进全面从严治党、加强党风建设和组织协调反腐败工作，推动完善党和国家监督体系。

党的各级纪律检查委员会的职责是监督、执纪、问责，要经常对党员进行遵守纪律的教育，作出关于维护党纪的决定；对党的组织和党员领导干部履行职责、行使权力进行监督，受理处置党员群众检举举报，开展谈话提醒、约谈函询；检查和处理党的组织和党员违反党的章程和其他党内法规的比较重要或复杂的案件，决定或取消对这些案件中的党员的处分；进行问责或提出责任追究的建议；受理党员的控告和申诉；保障党员的权利。

各级纪律检查委员会要把处理特别重要或复杂的案件中的问题和处理的结果，向同级党的委员会报告。党的地方各级纪律检查委员会和基层纪律检查委员会要同时向上级纪律检查委员会报告。

各级纪律检查委员会发现同级党的委员会委员有违犯党的纪律的行为，可以先进行初步核实，如果需要立案检查的，应当在向同级党的委员会报告的同时向上一级纪律检查委员会报告；涉及常务委员的，报告上一级纪律检查委员会，由上一级纪律检查委员会进行初步核实，需要审查的，由上一级纪律检查委员会报它的同级党的委员会批准。

第四十七条 上级纪律检查委员会有权检查下级纪律检查委员会的工作，并且有权批准和改变下级纪律检查委员会对于案件所作的决定。如果所要改变的该下级纪律检查委员会的决定，已经得到它的同级党的委员会的批准，这种改变必须经过它的上一级党的委员会批准。

党的地方各级纪律检查委员会和基层纪律检查委员会如果对同级党的委员会处理案件的决定有不同意见，可以请求上一级纪律检查委员会予以复查；如果发现同级党的委员会或它的成员有违犯党的纪律的情况，在同级党的委员会不给予解决或不给予正确解决的时候，有权向上级纪律检查委员会提出申诉，请求协助处理。

第九章 党 组

第四十八条 在中央和地方国家机关、人民团体、经济组织、文化组织和其他非党组织的领导机关中，可以成立党组。党组发挥领导作用。党组的任务，主要是负责贯彻执行党的路线、方针、政策；加强对本单位党的建设的领导，履行全面从严治党责任；讨论和决定本单位的重大问题；做好干部管理工作；讨论和决定基层党组织设置调整和发展党员、处分党员等重要事项；团结党外干部和群众，完成党和国家交给的任务；领导机关和直属单位党组织的工作。

第四十九条 党组的成员，由批准成立党组的党组织决定。党组设书记，必要时还可以设副书记。

党组必须服从批准它成立的党组织领导。

第五十条 在对下属单位实行集中统一领导的国家工作部门和有

关单位的领导机关中，可以建立党委，党委的产生办法、职权和工作任务，由中央另行规定。

第十章　党和共产主义青年团的关系

第五十一条　中国共产主义青年团是中国共产党领导的先进青年的群团组织，是广大青年在实践中学习中国特色社会主义和共产主义的学校，是党的助手和后备军。共青团中央委员会受党中央委员会领导。共青团的地方各级组织受同级党的委员会领导，同时受共青团上级组织领导。

第五十二条　党的各级委员会要加强对共青团的领导，注意团的干部的选拔和培训。党要坚决支持共青团根据广大青年的特点和需要，生动活泼地、富于创造性地进行工作，充分发挥团的突击队作用和联系广大青年的桥梁作用。

团的县级和县级以下各级委员会书记，企业事业单位的团委员会书记，是党员的，可以列席同级党的委员会和常务委员会的会议。

第十一章　党徽党旗

第五十三条　中国共产党党徽为镰刀和锤头组成的图案。

第五十四条　中国共产党党旗为旗面缀有金黄色党徽图案的红旗。

第五十五条　中国共产党的党徽党旗是中国共产党的象征和标志。党的各级组织和每一个党员都要维护党徽党旗的尊严。要按照规定制作和使用党徽党旗。

零容忍

将全面从严治党进行到底

本书编写组　编

定价：36.00 元

ISBN：978-7-5166-6189-5

五个必由之路

新时代中国的成功密码

本书编写组　编

定价：38.00 元

ISBN：978-7-5166-6290-8